KB070482

70에도 꽃은 피는 거야

70에도 꽃은 피는 거야

초 판 1쇄 2023년 05월 18일

지은이 정용옥
펴낸이 류종렬

펴낸곳 미다스북스
본부장 임종익
편집장 이다경
책임진행 김가영, 신은서, 박유진, 윤가희, 정보미

등록 2001년 3월 21일 제2001-000040호
주소 서울시 마포구 양화로 133 서교타워 711호
전화 02) 322-7802~3
팩스 02) 6007-1845
블로그 http://blog.naver.com/midasbooks
전자주소 midasbooks@hanmail.net
페이스북 https://www.facebook.com/midasbooks425
인스타그램 https://www.instagram/midasbooks

ISBN 979-11-6910-228-5 03810

값 18,500원

미다스북스는 다음세대에게 필요한 지혜와 교양을 생각합니다.

70에도 꽃은 피는 거야

환갑 넘어 세상으로 나온
할머니의 가슴 뛰는 삶

정용옥 지음

미다스북스

목차

제5장 | 나이가 들어도 우리 인생에 꽃은 핀다

제1장

내 안의 아이야,
이제 자유롭게
살아가렴

1

인생을 바꿀 만한
소중한 이야기

환갑이 된 날 아침, 거세게 치는 파도가 내 가슴에 밀려왔다.

'아~ 내가 나이를 잊고 살았네…. 아무것도 안 하고 덜컹 환갑이 되어
버렸네.'

왜 하필 환갑날에 옛 기억이 떠올랐는지는 지금도 의아하다. 아마도
앞만 보고 달려온 나에게 나 스스로 쉬어가라는 신호를 주었는지도 모르
겠다.

30년 전, 내가 서른 살 때였다. 보험회사 우수고객들만 강릉 경포대에 있는 관광호텔에 초청하는 행사에 간 적이 있다. 내가 선정되었던 것은 아니고, 원래 가기로 예약되어 있던 사람이 참석을 못 하게 되자 늘 우리 가게 앞을 지나다니던 보험회사 직원이 나에게 대신 가달라고 부탁을 한 것이었다. 처음에는 가게 일이 많기도 하고 모르는 분들과 어울리는 것도 어색해서 거절했다. 그 직원은 VIP 대접을 받을 테니 꼭 가달라고 사정을 했다. 아마도 인원수가 모자라는 듯했다.

버스가 있는 곳으로 가보니 듬성듬성 여자들이 앉아 있었고 보험설계사들이 여기저기 전화를 해대고 있었다. 말이 길어지는 것을 보아 사정이 생겨 못 오는 사람들이 있는 듯했다. 그래도 한 사람, 두 사람 모여들더니 우여곡절 끝에 40여 명이 버스 한 대에 꽉 찼다. 그제야 차는 출발했다. 일정이 지체되었던 모양인지, 소장인 듯한 분은 연신 기사에게 빨리 달리라고 다그쳤다. 그러나 기사는 시종일관 같은 속도로 달렸다. '기사는 역시 기사네.' 나는 가만히 미소 지었다.

50분 뒤, 버스는 강릉 경포대에 있는 큰 호텔 마당에 도착했다. 대나무를 어찌나 잘 가꾸었는지 울창하게 어우러져 건물을 더욱 멋지게 보이게 했다. 지금은 화려한 건물들이 많이 들어섰지만, 그 당시의 호텔이라는 것은 내가 간 강릉 경포대의 관광호텔이 유일했다. 뷔페도 그곳에만 있었다.

뷔페라는 메뉴가 있는 것도 모르던 시절에 처음으로 가서 점심을 먹었던 것이다. 접시를 들고 본인이 먹을 음식을 알맞은 양만 담아서, 남기지 않고 먹는 것은 참 좋았다. 식사 후, 자연스레 커피숍으로 자리를 옮겼다. 뷔페 장에서 지하로 한 계단 내려가면, 건물로 보면 지하 1층이지만 카페로 들어가면 바로 바닷가로 지상 1층처럼 전망이 좋았다.

나는 함께 한 사람 중에 가장 어렸다. 아는 사람이 없어서 창가 쪽에 혼자 자리하고 앉았다. 동해안에서 최고로 멋진 호텔에 앉아서 커피를 마시니 공주라도 된 듯 기분이 좋았다. 은은한 커피 향에 취해 정신없이 사색에 잠겨 있는데 누군가 말을 걸어왔다.

"혼자 있네. 무슨 생각을 그리 하누?"

함께 버스를 타고 온 보험설계사 중 유독 돋보였던 초록색 투피스를 입은 우아한 대장이었다. 나는 빙그레 미소를 지으며 고개를 '끄떡' 인사를 건넸다.

"네, 앉으세요, 경치가 정말 좋네요."
"나는 자주 와. 여기에 와야 뷔페를 먹을 수 있으니까."
"네."

잠시 대화가 멈추자 서로 모르는 사이라서 어색한 침묵이 흘렀다. 그

우아한 분이 다시 말하기 시작했다.

"새댁! 사느라고 돈 버는 거 말고 취미를 하나만 가져봐."

환갑을 지냈을 것 같은 그분은 커피 잔을 든 채 내 앞에 고개를 바짝 들이대며 말했다.

"아들 하나 더 있다고 생각하고 학원도 다니면서 말이야."

나는 무슨 말인지 몰라 미소만 지으며 홀짝홀짝 커피를 들이켰다.

"실은 나도 새색시 적에 누가 일러줬는데 못하고 60이 되었네. 많이 후회돼. 그대로 했으면 지금 아주 유명인사가 되어 있을 텐데 말이야. 30년 경력을 누가 따라오겠어."

그분의 이야기는, 젊은 나이일 때 돈 버는 것 말고 취미로 하나만 택해서 60이 될 때까지 해보라는 것이었다. 진심 어린 충고 같았다. 그분은 숨을 한번 고르더니 활짝 웃으며 또 이렇게 말했다. 아마도 중요한 대목인가보다.

"더 좋은 건 30년 후에 새댁이 최고가 된다는 거야. 또 값진 것은 나이 60에 새댁이 좋아하는, 같은 취미의 친구들을 갖게 된다는 것이지. 그것도 최상의 기술을 익힌 친구들로 말이야."

그분은 아까보다도 조금 더 자신 있게 약간 큰 소리로 당당하게 말을

이었다. 말을 마치고는 의자에 등을 기대고 창밖의 파도를 멍하니 한참을 바라보았다. 잠시 후, 시무룩하게 한숨을 길게 쉬더니 "정말 후회돼, 왜 안 했는지…." 했다.

나는 조용히 커피를 마시며 천천히 생각했다. '과연 내게 가능할까?' 나는 마음속으로 고개를 저었다. 출근해서 퇴근까지 시간이 전혀 나지 않는다. 취미로 무엇을 배운다는 것은 거의 불가능하다고 생각했다. 그분이 그랬듯이 나도 그 말이 그렇게 중요하고 좋은 말인 줄 그때는 미처 몰랐다.

그분의 파도를 바라보는 눈과 정말 후회하는 감정을 나는 아깝게도 놓치고 있었다. 왜 그리 절실하게 내게 일러주는지도, 나는 바보처럼 조금도 눈치 채지 못했다.

30년이 지나고 누구나 그러하듯 나도 환갑을 맞았다. 예전 그분이 열변을 토하던 60세를 맞이하게 된 것이다. 아! 가슴이 싸했다. 잠깐 생각해도 굉장한 보석을 놓친 것 같은 생각이 머리를 스치고 지나갔다.

그분은 나에게 왜 그런 이야기를 해주었을까? 아마도 그분은 내가 그 꿈을 이루기에 꼭 맞는 나이라고 생각했던 것 같다. 나에게 호감을 보이는 인격을 갖춘 멋진 부인을 내가 몰라본 것이다. 아까운 인연을 그대로 날려버린 나는 참 바보스럽다. 그 후 그분과 좀 더 친하게만 지냈어도 내 인생은 또 달라졌을 것을….

나는 조용히 일어나 거울 앞에 섰다. 거울 속에는 바다를 바라보던 앳된 여인과 커피 잔을 들고 미소 지으며 다가오는 우아한 그분의 모습이 보였다.

'그래, 참 고상한 분이었지. 살아 계시면 올해로 딱 90이 되셨겠네…. 내가 진가를 몰라봤어. 30년 경력! 그럼! 누구도 못 따라올 경력이지!'

머릿속에서 일렁이는 파도는 내 자아를 마구 흔든다. 맞다. 취미생활을 하는 것은 많은 장점이 있다. 우선 기술을 한 가지 익히는 것이니 얼마나 유익한가? 취미는 즐기면서 하므로 당연히 마음과 정신에 긍정적인 영향을 준다. 그것을 통해서 새로운 시각으로 삶의 다른 부분을 개척해 나갈 수 있다. 또한, 옛날 그분의 말대로 나와 기호가 같은 사람들을 만나게 된다. 새로운 사회적 관계를 형성하면서 다양한 경험을 쌓게도 된다. 그대로 함께 나이 들어 60까지 왔다면, 얼마나 귀중한 친구를 갖는 것이었을까? 새로운 눈이 떠지고 삶에도 화려한 변신이 이루어졌으리라….

에피쿠로스(Epicurus)는 '어리석은 사람은 좋은 인연을 놓친다'고 했는데…. 아~! 나는 굉장한 귀인을 몰라보았다. 우매함으로 인해 풍부한 지적 30년을 놓친 것이다.

벽에 있는 큰 달력 한 장을 쭉 찢었다. 휙 뒤집으니 하얀 백지가 눈 내린 들판처럼 엄청 커다랗게 보였다. 나는 볼펜을 집어 들었다. 백지 위에서부터 하고 싶은 것을 적기 시작했다. 한참을 써도 끝이 없었다. 하고픈 것들이 이리 많았나? 백지 마지막이 되었을 때 머리를 들고 한눈에 보니 마치 개미군단 같았다.

위부터 차례로 읽기 시작했다. 그리고 현재 상황에서 할 수 없는 것을 지우기 시작했다. 지우고 또 지우고…. 조금이라도 생업에 방해가 되면 무조건 지웠다. 중간에 포기하지 않기 위해서였다. 얼마나 열심히 지웠는지 꽉 채운 종이 위에 두 개가 남았다. 그림 그리는 것과 소설 쓰기였다. 어느 것을 먼저 시작할까? 소설을 시작하는 것은 왠지 어려워 보였고 학원도 다녀야 할 듯했다. 고민하던 나는 그림 그리는 것을 먼저 선택했다. '그래, 그림을 먼저 하고 그다음에 소설 쓰는 것을 시도해보는 거야.' 새로운 결정을 하고 나니 머리가 산뜻했다. 30년 늦은 환갑의 지각생은 환한 미소를 머금고 커피를 내렸다. 늘 마시는 커피인데 더 향기롭고 달콤했다.

'이제야 내 말을 알아듣네.' 하며, 예전의 우아한 그분은 앞으로의 나의 삶 속에서 늘 응원을 할 것 같은 예감이 든다. 나 또한 감사한 마음으로, 젊은이들에게 이 좋은 충언을 들려주고 싶다.

발리 해변 ──

머릿속에서 일렁이는 파도는 내 자아를 마구 흔든다.

2

패랭이꽃 모자를 쓴
작은 아이의 귓속말

어릴 때 공자의 『논어』를 읽고 학습하면 세상 이치의 길이 밝다고 한다.
우리나라에서는 대학 논술 문제에 고전이 나온다, 나 또한 공자님을 아
주 좋아해서 늘 그 품에 안겨서 산다.

공자는 세계 4대 성인(공자, 예수, 마호메트, 석가) 중 한 분이다. 춘추
전국시대 유학자로 주나라의 예와 악을 정리하여 유학의 기초경전을 정
립했다.

그는 자신의 철학을 바탕으로 한 유교를 창시하고, 후세에 중국 철학
에 큰 영향을 끼쳤다. 공자의 가르침은 '인(仁), 예(禮), 지(智), 신(信), 성

(誠), 청(廉), 중(忠), 겸(謙), 공(公), 효(孝)' 등으로 정리된다.

노나라 사람으로 52세 때 요즘의 법무부 장관 벼슬을 했다. 그러나 집권층 세력들과 마음이 맞지 않아 관직을 버리고 방랑 생활을 했다. 68세에 고향으로 돌아와 인을 바탕으로 제자들의 교육에 전념했다. 그로부터 5년 후 73세를 일기로 세상을 하직했다.

공자의 『논어(論語)』 「학이(學而)」 편에는 잘 보이지 않는 깊은 뜻이 있다.

學而時習之(학이시습지)

不亦說乎(불역열호)

有朋 自遠方來(유붕 자원방래)

不亦樂乎(불역낙호)

人不知 而不慍(인부지 이불온)

不亦君子乎(불역군자호)

"배우고 늘 익히니 또한 기쁘지 아니한가, 벗이 있어 먼 곳으로부터 찾아오니 또한 즐겁지 아니한가, 나를 몰라준들 성내지 않으리니 또한 군자 아니랴."

세상 사람 모두 『논어』가 딱딱하고 어렵다고 한다. 이마도 가까이에서 접해보지 않고 멀리서 바라다보기만 해서 그럴 것이다. 실제로는 참으로 부드럽고 온유하다. 그러나 숨어 있는 것이 있으니, 읽고 또 읽으면 보인다. 말 속에 강한 인성의 메시지, 사람됨의 알림이 커다란 바구니에 듬뿍 담겨있다.

'인과 학과 겸손'을 중요하게 여기는 공자는 항상 사람들에게 배움을 강조했다. '나이 들수록 학문을 익혀라. 자기 뜻을 꾸준히 추구하는 것이 인생의 가장 큰 목표이다.'라고도 했다. 그리고 공부하고 익혔으면 그대로 행하라고 말한다. 만약 행하지, 아니하면 '경시불회독(便是不曾讀)', 즉 공부한 것이 아니라고 했다. 오죽하면 '사람의 나이 70이 되면 하는 행동이 법과 같아야 한다.'라고까지 했을까.

내 책꽂이에는 옛날 분들이 많다. 공자, 맹자는 물론이고 자아, 자고, 자로, 사서삼경, 등등 특히 공자님의 물음에 자로의 지혜로운 답변 이야기는 가히 감탄이다. 현대를 대표하는 문학가, 평론가, 정치가 등등, 옹기종기 한마을을 차지한다. 프랑스의 조지 스타이너(George Steiner)의 『Language and Silence』, 일본의 하루키 무라카미의 『노르웨이의 숲』, 링컨을 비롯한 케네디까지 상주해 있다. 요즘 내 책꽂이에 변화가 생겼다. 새로 이사 온 친구들은 모두 젊다. 멀찌감치 다른 쪽 책꽂이에 가지런히 자리하고 있다. 아직 자리를 못 잡은 친구들은 책상 위에 수북이 쌓여 있다. 또 알록달록 아이들 동화책도 제법 큰 마을을 이루고 있다. 바쁜 핑

계로 자주 책장 가까이에 못 간다. 어쩌다 책장 앞에 서면 여기저기서 손을 번쩍번쩍 든다.

'나 여기 있다.'고. 이제 내가 나이 들어 귀가 어두운 걸 아는지 말소리도 크다. 얼마나 소리를 지르는지 귀청이 떨어질 지경이다.

역사, 과학, 철학, 문학, 등등, 책은 다양한 지식과 정보를 준다. 이를 통해 우리는 세상을 더욱 깊이 이해하게 된다. 그리고 새로운 아이디어와 상상력을 덤으로 얻는다. 책을 읽으면서 마음을 다스릴 수 있으니 스트레스도 없어진다. 특히 소설이나 시 장르의 책은 마음을 편안하게 해주고 긍정적인 심리로 변화시켜주기도 한다. 감정을 공감하고 공감받으며, 마음의 안정이 되기 때문이다. 책 속에 길이 있다고 모두가 말한다. 그러나 아무리 책을 많이 읽어도 그 길은 호락호락 아무에게나 보이지 않는다.

책은 관리에 신경 써야 한다. 온도와 습도가 필요하다. 가끔 책을 모두 꺼내어 먼지를 털어주어야 한다. 추울 때는 괜찮은데 더울 때는 습기로 인해 벌레가 꼬인다. 옷장에 넣어두는 건조제를 쓰기도 하는데 역부족이다. 여름에는 워낙 습해서 당할 수가 없다.

책을 비닐로 싸서 상자에 담아 여름을 나기도 하는데 그중 효과가 좀 있다. 그러나 너무 일이 많아서 다 할 수는 없고, 아까운 고대 전서 같은 책들만 조금 한다. 제일 좋은 방법은 에어컨이다. 가끔 여름이면 책장에 에어컨을 틀어주기도 한다.

"뭐 한다고 책에다 비싼 전기요금 내고 에어컨을 트누?"

남편은 내가 책장에 에어컨을 틀 때마다 한소리 한다. 해마다 토씨 하나 안 틀리고 하는 말이 똑같다. 참 신기하다.

몹시 상한 책들은 트럭을 불러 폐기 처분했다. 거의 90%의 책이 나갔다. 참 가슴 아픈 일이었다. 더 애석한 것은 내가 평생 아끼던 의서도 함께 버려졌다. 겉이 너덜너덜해서 함께 쓸려나간 듯하다. 인사동 고전 책방에 혹시 있나 들려 봤는데 역시 없었다. 전문서적이고 귀한 책이니 기대도 안 했지만, 그때 돌아서는 마음은 참으로 허탈했다.

요즘은 전자책으로 변형해서 보관하는 방법이 있기도 하다. 나는 역시 옛날 사람이라 손에 책을 들고 보는 것을 좋아한다. 또 하늘같이 높이 쌓여 있는 내 책들과 같이 사는 것도 좋다.

나는 아직도 도서관에서 아이들에게 책 놀이 수업을 한다. 제일 최근에는 『그래 봤자 개구리』라는 동화책이 오토바이를 타고 왔다. 책 한 권정도 서류봉투 화물은 우체부가 오토바이로 속성배달이다. 지인이 새로 나왔다며 보내주었다. 가끔 새로 나온 것이 있으면 보내준다. 어제는 새로 주문한 수필 5권이 도착했다. 아직도 젊을 때처럼 책이 도착하면 밤새워 읽는다. 내 성격을 내가 알기에 이제는 한꺼번에 주문하지 않고 한 권씩 자주 주문을 하는 편이다. 검색하다가 나도 모르게 다섯 권을 장바구니에 담은 것이었다. 궁금해서 그 밤에 커피를 연신 마셔가며 세 권과 면담을 했다. 다음 날 다시 두 권과 정상회담을 하고 나니 하늘에서 반짝반짝 별 브로치가 내린다. 내 감성이 업그레이드되고 있나 보다.

잠시 후 패랭이꽃 모자를 쓴 한 녀석이 내 가슴에 살포시 내려앉았다. 작은 목소리로 내 귀에 바짝 대고 속삭인다. "이제 일은 그만하고 세상 밖으로 나가 봐."

고향 가는 길 ──

배우고 늘 익히니 또한 기쁘지 아니한가, 벗이 있어 먼 곳으로부터 찾아오니 또한 즐겁지 아니한가,
나를 몰라준들 성내지 않으리니 또한 군자 아니랴.

3

꿈 많은 여고생과
재작년 고구마 선생님

"명희야! 좀 천천히 달려."

"네가 빨리 와. 늦으면 혼나잖아."

고등학교 때 단짝 4명이 있었는데 늘 같이 몰려다니길 좋아했다. 점심 시간 후 5교시는 가끔 건너뛰었다. 점심 도시락을 후딱 먹고 학교 밖으로 몰래 나가 1시간을 놀다 오는 것이다. 우리는 역적모의라도 하는 듯 소곤소곤 오늘 땡땡이칠 의논했다.

학교 뒤편 좀 떨어진 곳에 복숭아 과수원이 있는데 거기에 가자는 모의였다. 친구 3명은 학교 앞 자전거 점포에서 자전거를 빌렸다. 나는 화학 선생님 자전거를 몰래 타고 나섰다. 학교를 벗어나면 좁은 오솔길이 나오는데 그 끝에 과수원이 있었다. 지금 생각해 보면 참 아름다운 풍경이다. 룰루랄라 노래도 불러가며 신나게 달렸다. 시골길은 참 아름답다. 길 양옆의 잡초까지도 사랑스럽다. 복숭아 과수원이 다가오자 코끝에 퍼지는 향기가 향수나라에 온 것 같았다. 좋은 향기는 사람을 행복하게 한다.

동그랗게 모여앉아 생글생글 웃으며 크게 복숭아를 한입 물고 꿀꺽 삼켰다. 인심 좋은 과수원 주인은 항상 우리에게 큰 바구니에 복숭아를 많이 담아주셨다. 가져가는 것은 팔고 먹는 건 공짜다. 밥을 금방 먹었건만 우리는 모두 5개씩이나 먹어치웠다. 맛이 좋으면 꿀맛 같다고 하는데 꿀맛보다도 더 맛있다. 모두 배가 빵빵했다.

"자아, 이제 빨리 가자."

"담 시간이 뭐지?"

"말머리 시간이야."

"엥? 그래? 걸리겠다. 얘, 말머리는 눈치가 빨라서 못 속이겠더라."

말머리 시간이란 역사 시간이다. 그 선생님 얼굴이 말머리처럼 길어서 우리는 아예 말머리라고 불렀다. 교복이 치마였는데 앉을 때 치마를 깔고 앉고 앞무릎을 잘 덮으면 바지가 아니어도 끄떡없다. 우리는 부지런히 페달을 밟고 학교에 도착했다.

" 이놈들! 공부 시간인데 어디를 갔다 오는 거야 응?"

아~ 말머리가 아니라 재작년 고구마였다. 재작년 고구마는 화학 선생님이다. 예전 다른 학교에서 화학 시간에 사고가 났었다고 했다. 얼굴이 꼭 오래된 고구마처럼 흉터가 많았다. 우리는 화학 선생님을 재작년 고구마라고 불렀다. 그런데 어찌 된 일인지 화학 선생님이 떡하니 버티고 서 있는 것이다. 깜짝 놀란 나는 자전거에서 얼른 내려 복숭아 봉지를 쓱 내밀었다. 늘 혼나면서도 나는 화학 선생님 자전거를 단골로 탄다. 한두 번이 아니니 또 내가 나간 줄 미리 아시고 기다리고 계신 것이었다.

화학 선생님은 자전거를 걸어놓지 않으셨다. 혹시 아마도 내가 가끔 몰래 타고 나가는 걸 아시고 걸지 않으신 걸까? 학교 선생님 자전거를 몰래 타는 학생은 내가 유일했다. 누가 감히 선생님 자전거를 탈 생각을 하겠는가? 또 학교 학생 중에서 화학 선생님을 좋아하는 건 오로지 나뿐이었던 걸로 기억한다.

화학 수업시간 배정은 항상 6교시, 7교시였다. 점심도 먹었고 오후가 되니 아이들 모두 아예 책상에 엎드려 쿨쿨 대놓고 잔다. 선생님은 화학 공식이 아이들에게 어렵다는 것을 인정하시는 눈치였다. 야단도 없으시고 그냥 수업을 잔잔히 진행하셨다. 나는 장난도 심했지만, 화학 시간이 좋았다. 거미줄 같은 공식도 풀어나가면 너무 재미있다. 선생님을 시간 내내 똑바로 바라보고 열심히 공부에 전념했다. 선생님은 나만 보고 수업하셨다. 나만 잠을 자지 않으니 어쩔 수 없이 나만 바라보고 수업을 진행할 수밖에 없었을 것이다. 종이 울리면 커다란 검정 출석부를 챙겨 들고 총총히 교실을 빠져나가셨다.

'참 선생님 마음이 좋으셨지! 사모님은 또 엄청나게 미인이셨고…'

아련히 재작년 고구마 선생님 얼굴이 떠오른다. 인자하신 선생님이셨다. 학교 바로 옆에 사셔서 가끔 우리 장난꾸러기들은 예고 없이 쳐들어가곤 했다. 그러면 영화배우같이 예쁜 사모님은 이것저것 우리에게 먹을거리를 쉬지 않고 내놓으셨다. 어린 우리 눈에도 과도 쥔 손이 참 예뻤다. 그 예쁜 손으로 생고구마도 깎아서 썰어주셨고, 생밤도 까서 주셨다. 우리는 버르장머리 없게 사모님이 아깝다고 쨱쨱거리며 일어설 줄 모르고 놀았다.

"이놈들~ 인제 그만 어서 가라, 집에서 기다리신다."
매번 재작년 고구마 선생님이 우리를 쫓는다.

아련히 고등학교 시절 옛날 생각이 스친다. 나는 외국 대사가 되고 싶은 꿈을 가진 소녀였다. 1960년대! 그 시대에는 거의 여자는 학교에 보내지 않았다. 여자가 고등학교 졸업이면 공부를 많이 한 축에 들어간다. 농경시대여서 남자나 여자나 아이들은 대체로 초등학교를 졸업하면 집안일을 하거나 농사일을 도왔다.

나는 만석꾼인 할아버지를 두었고, 고교성적도 좋았지만, 여자라는 이유로 대학 진학은 엄두도 못 냈다. 가난해서 대학을 못 간 이야기는 이해가 된다. 그러나 타고난 시대 때문에 여자라고 대학을 못 간 이야기는 아마도 나에게만 해당하는 듯싶다. 아직도 억울하다.

남자로 태어났으면 대학 진학은 일도 아니었고 외교관이 될 수도 있었을 텐데….

지금 나이 60이 넘었어도, 젊은 시절 이루지 못한 꿈이 아쉽기만 하다.

동강할미꽃 ——

지금 나이 60이 넘었어도, 젊은 시절 이루지 못한 꿈이 아쉽기만 하다.

4

태산은 티끌에서부터 시작된다

나는 워런 버핏을 좋아한다. 작은 봉사활동을 좋아하는데, 그 근본이 워런 버핏이다.

워런 버핏은 부자이기도 하지만 마음이 더 부자인 듯하다. 누구도 못 따라오는 봉사의 왕이다.

워런 버핏은 상당한 부자이다. 그의 이론은 지출을 잘 관리하고 낭비 없는 생활을 중요시한다. 긴 투자를 통해 수익을 창출하라고 늘 이른다. 생활습관에서도 돈이 들어오는 길이 있다고 말하는데, 일어나서 10분 신문 보는 것이 그의 부를 이루는 원천이라고 말한다. 그가 제일 중요시하는 투자이론은 자신에게 투자하라는 것이다. 자신에게 하는 투자는 사기를 당할 일도 없다고 웃으며 말한다. 깊이 생각해 보면 워런 버핏의 이 소중한 이야기의 뜻을 알게 된다. 책은 삶에서 어디에나 기초가 되고 자산이 된다.

워런 버핏은 해마다 연말이면 자선행사로 '버핏과의 점심'이란 주제로 경매를 연다. 워런 버핏은 세계적인 투자의 왕이다. 전 세계 투자자들이 선망하는 본보기이기도 하다. 코로나로 주가가 하락하자 많은 부자의 재산인 주가가 툭툭 내려갔다. 그런 와중에도 주식투자의 세기적인 황제인 워런 버핏은 떨어지기는커녕 2.2% 증가해서 많은 사람의 부러움을 샀다.

버핏은 그의 경제관과 삶의 가치관을 배우고 싶은 사람들이 많아지자 경매를 창안했다. 그는 경매가 낙찰되면 전액 빈민구호단체에 보낸다. 봉사기금으로 쓰는 것이다. 2019년 경매가 성황리에 결정이 났다. 중국 가상화폐 트론의 창업자 저스틴 선이 낙찰을 받았다. 1,900만 달러! 246억 원! 어마어마한 금액이다.

거금을 내고 단 3시간의 점심을 먹을 사람은 흔하지 않다. 그러나 매년 그 금액은 올라간다. 워런 버핏이 올리는 것이 아니라 점심을 먹을 사람들이 정하는 가치가격이다.

저스틴 선이 지급한 246억 원은 우리에게 풋풋한 정을 주고 있다. 금액이 커서가 아니다. 이유는 어려운 빈민구호단체에 이 금액이 전해져서 봉사기금으로 쓰이기 때문이다. 워런 버핏의 지혜는 하늘보다 높고 땅보다 넓다. 주식과 봉사를 양팔에 똑같이 힘을 실어준 그 아이디어는 세기의 칭찬감이다. 경매를 여는 워런 버핏도 정감이 가고 그 많은 금액으로 낙찰이 된 저스틴 선도 위대하다. 워런 버핏이 봉사의 선의를 알려주었다면, 나에게 돈의 가치를 일깨워준 분은 나의 시아버지이시다. 나는 늘 시아버지의 교훈을 밑바탕에 깔고 워런 버핏의 주식과 봉사를 마주한다.

남편과 결혼한 첫해의 일이다. 신혼 초로 기억하는데, 시름시름하더니 몸이 많이 불편했다. 하는 일도 없었는데 몸살인가 보다. 온 살결이 쑤시고 물도 안 넘어간다. 엎친 데 덮친다는 격으로 편도선까지 부어올랐다. 기어가다시피 약국으로 가서 약을 지어왔다. 약사가 밥을 꼭 먹고 약을 먹으라고 신신당부한다. 약을 먹으려고 먹는 밥은 참으로 사람을 처량하게 한다. 넘어가지 않는 밥을 물에 말아 꿀꺽 삼켰다. 눈물 반, 콧물 반 짬뽕이다. 약의 효과는 대단했다. 사흘치를 지어왔는데 약사가 점쟁이인지 사흘 만에 씻은 듯이 나았다.

"약국에 가서 약을 사 왔다며?" 아침밥을 지으려고 부엌에 있는데 시아버지가 물으셨다.

"네, 이제는 다 나았어요." 쌀을 씻으며 공손히 대답했다.

"약값이 얼마냐?" '왜 약값을 물으시지?' 속으로 의아했다.

"네. 1,470원이던데요."

아침상을 다 치우고 방으로 가려는데 시아버지께서 부르신다.

"이거 약값이다, 받아라." 시아버지께서 손을 내미신다.

"저어, 아버님 안 주셔도 되는데요."

"아니다, 빨리 받아라."

시아버지께서 주시는 돈은 정확히 1,470원이었다. 1,000원짜리 한 개, 100원짜리 동전 4개, 50원짜리 동전 1개, 10원짜리 동전 2개. 돈을 받아 든 나는 엄청나게 놀랐다. 10원짜리 동전 두 개는 내 생각을 막았다. 갑자기 워런 버핏이 생각났다. 그분이라면 얼마를 주셨을까? 그분이라면 이 돈을 받고 무슨 생각을 할까? 한참 후에야 1,470원의 깊이를 느끼기 시작했다. 거래의 정확성에서 신뢰를 쌓을 수 있다.

'줄 건 주고, 받을 건 받고, 계산은 분명하게 하라'는 교훈을 시아버지께서는 10원짜리까지 주시며 직접 행동으로 보여주신 것이다. 부모와 자식 간, 형제지간이라도 계산은 꼭 해야 한다는 이론이다. 세상 물정 아무것도 모르는 27세 나에게는 큰 공부가 되었다.

'세상살이에서 금전 관계는 아주 중요하다. 상호 간의 거래에서 가치에 맞는 이익과 서로 평등을 이룰 수 있는 협력은 공동체에서 잘 살아가는 기본이다.'라고 깨달았다.

그 후로 나는 계산만큼은 철두철미하게 정확하게 하는 버릇이 생겼다. 그런 지침은 내 생활기반의 경제적 틀이 되었고 워런 버핏과 친하게 지내는 계기가 되었다.

돈은 우리 생활에 기본이다. 또한, 삶에서 중요한 자리를 차지한다. 1,470원 적은 돈이지만, 나는 그 돈을 통해 사람과의 신뢰를 표현할 수 있음을 보았다. 또한, 적은 돈은 큰돈과도 직선으로 연결된다는 것을 알았다. '99석이 있는 사람은 돈을 쓰지 않는다.'라는 말이 있다. 1석을 마련해서 100석을 채우기 위함이다. 실행해볼 만한 말이다.

우리 민족은 돈에 대해 말하는 것을 터부시한다. 그리고 적은 돈은 무시한다.

어느 외국 동영상에서 길가의 걸인을 촬영한 것을 본 적이 있다. 지나가는 사람들이 한 푼 두 푼 적선을 해주었다. 지폐도 있고 동전도 있었다. 나중에 걸인은 일어서면서 지폐는 주머니에 넣고 동전은 길에 모두 버리고 갔다. 적은 돈을 무시하는 습관을 가지고 있으면 큰돈도 모을 수가 없다. 그 걸인은 분명히 큰 부자가 되지는 못할 듯하다. 태산은 티끌에서부터 시작되기 때문이다.

외식을 줄이거나 옷을 살 때 잘 생각해 보거나 하는 것도 티끌이 될 수 있다고 본다.

워런 버핏도 적은 돈에서부터 모은 것이지 처음부터 100조가 있지는 않았다.

5

엄마도 모르는 것이 있었다

"이모 집에 가서 일 좀 도와드리거라."

"왜?"

"가끔 나갈 일이 있으니 네가 좀 와서 봐달라는구나!"

"그래? 그럼 그러지 뭐,"

서울에서 직장생활을 하다가 결혼이 얼마 안 남아 시골집에 내려가 있을 때였다. 엄마는 그동안 잠깐 이모를 도와드리라는 것이었다. 이모는 여인숙을 하고 있었다. 그런데 여인숙의 일이 만만찮았다. 일이 너무 많았다. 세상에서 가장 지혜로우신 엄마도 모르는 것이 있었다. 엄마는 이모가 하는 사업의 성격을 모르고 나를 보내신 것이다. 이모가 잠시 집을 비웠을 때 집을 지키는 정도로만 알고 나를 보내신 것이다. 나 역시 그렇게 알고 잠시 온 것뿐이었다. 어찌 된 일인지 일을 돕는 아줌마도 없었고, 27세 고운 내 손에 물 마를 새가 없었다. 아무것도 모르는 순둥이 어린 처녀가 엄마가 하랬다고 꾹꾹 참으며 이모 집 일을 하고 있었다.

어느 날 막내 이모가 놀러 왔다. 이모는 내 손을 보더니 한소리 하셨다.
"여자 손이 그게 뭐니?, 여자가 얼굴도 예뻐야 하지만 손도 예뻐야지."
"이모, 일이 엄청 많아, 한 달도 넘게 일하고 있어."
"에구~! 시집도 간다며 손이 그래서야!"

집에서 온 지도 오래되어서 가지고 온 로션이 떨어졌다. 엄마한테 손이 텄다고 로션 사게 돈을 부쳐 달라고 편지를 보냈다. 그 시절에는 돈이 오갈 때 오직 우체국 통신 환을 사용했다. 통신 환을 등기로 편지봉투에 넣어서 부쳐오면 우체국에 가서 현금으로 바꾸는 것이다. 엄마한테서 3,000원이 통신 환으로 왔다. 얼른 우체국에 가서 현금으로 바꾸어서 로션과 크림을 샀다.

그로부터 며칠 후

"애, 돈을 쓰려면 말하고 써야지." 이모가 화를 내며 말했다.

"이모 , 무슨 돈을 써요?"

"영이가 그러는데 화장품 두 개 샀다던데?"

"아 그거 엄마가 통신 환으로 3,000원 보내와서 산 거예요."

"앞으로 돈을 쓰려면 허락을 받고 써야 해! 알았지?"

"이모! 엄마한테서 온 돈이라니까요."

"그리고, 하나만 사지 2개씩이나 사구 그러니?"

버선목이니 뒤집어 보일 수도 없고 어린 마음에 엄청나게 큰 상처를 받았다.

일이 얽혔을 때는 대화로 푸는 것이 제일 현명하다. 대화는 서로 간의 상황을 이해하고 맺힌 문제를 잘 풀 수 있는 강력한 열쇠이다. 그러나 상대가 대화를 단절하고 본인의 생각대로 굳게 믿는다면, 말이 통하지 않는다.

아무리 밝히려고 해도 도무지 이모는 믿지 않으니 못 밝히고 말았다. 지금은 돌아가셨는데 그렇게 알고 돌아가신 것이다. 엄마한테서 통신 환이 왔을 때 보여드렸어야 했을까? 옛말에도 있듯이, '돌다리도 두드리고 건너라.'라는 교훈이 있다. 살면서 가끔 그런 정석을 잊는다.

철몰랐던 시절이라 그럴 수도 있을 것으로 생각하지만, 나이가 들어도 이런 일은 일어난다.

'같은 돌에 두 번 넘어지지 않는다.'라는 속담도 있는데, 두 번 넘어지는 일이 벌어졌다. 도서관 봉사 때의 일이다. 인형극물건을 올려놓을 사물함이 필요했다. 내가 회장이니 물건구매를 맡아서 했다. 도서관거래처 문방구에서 사물함을 큰 것 3개를 사 왔다. 다음 날 일이 잘되었나 보려고 갔더니 내가 산 커다란 사물함 3개가 너무 커서 못 쓰고 덩그러니 한쪽 구석에 있길래, 아무 생각 없이 가져다 문방구에 반품했다.

문제는 퍽 여러 달 지난 후 도서관 관장님이 그 사물함 3개를 어떻게 했느냐고 묻는 것이었다. 깜짝 놀랐다. 바로 반품했다고 말씀드렸는데 옛날 이모 생각이 나면서, 어쩐지 찜찜했다. 문방구에 반품하고 도서관 장부에서 금액을 빼는 것을 확인했으니 정확하다. 그러나 그것은 나만 아는 정확성이었다.

의심이라는 것은 한번 하면 계속 진실인 듯 생각이 깊어진다. 사람의 뇌는 속기도 한다. 아닌 것도 정말인 것처럼 뇌리에 박힌다. 의심하기 전에 상대를 잘 이해하는 것만이 해결의 열쇠이다. 그러나 이미 의심하고 들어간다면 상대를 이해하는 것은 잘되지 않을 것이다. 그러니 일 처리에서 무엇보다 중요한 것은 정확하게 행동하는 것이라 할 수 있다.

살다 보면, 사소한 일에 의심할 때도 있고 받을 때도 있다. 일이 벌어졌을 때 최선의 방법은 사태를 잘 설명하는 것이 중요하고 증거를 제시하는 것이 완벽하다. 그러나 증거는 없고 말로만 해결해야 할 때는 참으로 난처하다. 팔 걷어붙이고 싸우는 것보다는, 진실은 진실로 통하니 시간이 가기를 기다려보는 것도, 속은 많이 상하지만 한 방법이다.

큰일로 의심을 받을 때보다 작은 일로 의심을 받을 때 더 기분 상하고 마음에 상처로 남는다. 잘못이 없으니 따지지도 않고, 떳떳하니 해명을 명확하게 하지도 않는다. 그것이 문제다. 내가 아무리 정직하다 하더라도 조목조목 밝혀야 하고 가능하면 영수증도 버리지 말아야 한다. 작은 일이든 큰일이든 확실하게 밝히고 넘어가는 것! 살아가면서 꼭 필요한 것이다. 세상일은 내 맘과 같지 않기 때문이다.

6

친정에서 그렇게 가르치더냐!

나의 가슴 깊은 곳에는 하얀 아이가 하나 살고 있다. 그 애는 요즘 들어 더, 자주 예고도 없이 불쑥불쑥 찾아온다. 한 세상 살고 보니 대문 열쇠가 필요 없나 보다. 꼭꼭 걸어놓아도 어느 틈엔가 찾아와 눈물 가득 담고 옆에 앉아 있다. 이제는 나이가 많이 든 듯하여 하나둘씩 정리한다. 멀쩡하고 고급스러운 옷들도 모두 재활용 통에 넣은 지 오래다. 유일한 외출이기도 한, 밥만 먹고 헤어지는 모임도 과감히 치웠다. 이제는 이 아이도 정리할 때가 된 것 같다.

나는 독신주의자였다. 하고픈 것도 많고 항상 공부하는 것이 좋으니 'single'이 나의 주관이다. 그런 내가 엄마에게 등 떠밀려서 시집을 왔다. 잘생긴 남편의 외모에 엄마가 홀딱 반한 것이다. 거기다가 사업도 크게 한다고 하니 등 떠미는데 가속이 붙었다. 새색시가 그러하듯 시집오니 하루 세 번 끼니 차리는 일이 전부였다. 친정에서 피아노를 배우다 말고 왔기에 시간 있으니 이참에 마저 해야겠다고 생각했다. 밤에는 밥상 차릴 일 없으니 잠자는 시간을 택했다. 밤 9시부터 11시까지로 등록하고 열심히 밤이면 피아노학원에 갔다. 오로지 피아노만 생각해서인지 친정에서보다 더 진도가 잘나갔다. 할 일이라곤 밥 차리는 일뿐이던 나는 갑자기 활력이 생겼다. 매일매일 너무나 행복했다. 내일이 오면 내가 좋아하는 일이 기다리고 있으니 사는 것이 신났다. 새벽에 일어나서 기지개 켜며 '밤이 언제 오지?' 하며 아침부터 밤을 기다렸다.

"언니, 사장님이 오시래요."
"왜?"
"모르겠어요."

시댁에는 가사 일을 도와주는 여자아이가 있었다. 어느 날 일하는 처녀 아이가 오더니 시아버지께서 찾으신다는 것이다.

갓 시집온 상태이고 잘못한 일이 없으니 가벼운 마음으로 시아버지 계신 곳으로 갔다.

무심코 들어갔던 시부모님 방에서, 나는 시아버지의 고함에 깜짝 놀랐다. 청천벽력! 미처 들어서기도 전에 귀청이 떨어질 만큼 큰소리로 시아버지는 야단치셨다. 나는 영문도 모른 채 '헉!' 하고 기가 질렸다. 밤에 피아노 학원에 가는 걸 보신 모양이다. 내가 아는 인자한 모습은 간 데 없고 무서운 표정으로 야단을 치셨다. 내가 모르는 다른 분 같았다. 지금도 그때를 생각하면 가슴이 벌렁거린다. 살면서 그렇게 혼나 본 적이 없다. 야단치는 말속에 나를 잘못 가르친 친정 부모의 허물도 섞여 있다.

"친정 애비가 그렇게 가르치더냐."

친정 부모를 욕보인 것은 엄청나게 큰 충격이었다. 마구 야단치시는 시아버지의 큰 목소리는 어느 순간부터 내 귀에 들리지 않았다. 내 머리는 마구 흔들렸고 호흡마저 가빠졌다. 일하는 처녀 아이가 얼른 나를 부축해서 의자에 앉혔다. 머리칼이 하나하나 일어서고 귀도 먹먹했다. 시아버지의 고함은 전부 내가 태어나서 처음 들어보는 말이다. 혼이 나간 상태가 되었는데, 아련히 친정아버지 모습이 보였다. '아버지…' 나는 그대로 쓰러졌다.

친정아버지는 평소 말씀이 없으신 아주 조용한 학자셨다. 우리나라 최초의 학교인 배재학당의 대학부를 나오셨다. 배재학당은 고종 22년 1885년 미국의 선교사 아펜젤러에 의해 설립되었다. 그래서인지 아버지는 약간의 기독교적인 봉사 정신이 있으셨다. 어머니는 우암 송시열의 후예로 양반집 처녀가 외출이 허용되지 않던 시대인지라 외할아버지께서 한학자를 집에 들이시고 어머니의 학문을 익히게 하셨다. 외갓집 대청마루의 기둥이 내 팔로는 안아지지 않을 만큼 컸던 기억이 난다. 어머니는 필체도 좋으셨고 시집오실 때 직접 쓰신 책도 가지고 오셨다. 친정 어머니는 그 책을 벽장 속에 소중히 보관하셨다.

　식구들의 집합체인 가족이라는 공동체는 세상에서 제일 편한 공동집합이다. 그러나 새로운 식구가 들어오면 예의를 바탕에 깔아야 하는 작은 사회로 전환된다. 요즘은 결혼하면서 바로 분가를 하는 것은, 어찌 보면 작은 분쟁을 미리 방지하는 일이라 할 수도 있다. 아무래도 서로를 알아가자면 시간이 필요한 일인 것이다. 세상을 살아가면서 항상 좋은 말만 듣고 항상 칭찬만 받을 수는 없을 것이다. 가족이라는 틀 안에서 함께 지내다 보면 이런저런 문제가 발생하게 된다. 그러나 문제는 본인에게만 국한되어야 한다. 선을 넘어 친정 부모에게까지 누가 되는 것에 큰 충격을 받았다.

　'내가 잠자는 내 시간을 쓴 것뿐인데….' 귀에 쟁쟁한 '친정에서 그리 가르치더냐?'라는 말은 깊은 상처가 되어 가슴속에서 떠나지 못하고 있는 것이었다.

'어떤 행동에는 반드시 그에 합당한 이유가 있다.'라고 하신 친정어머니의 말씀이 생각난다.

친정어머니는 두런두런 이야기 들려주는 것을 좋아하셨다. 그때 어머니는 이런 말씀까지 해주셨다.

"세상 모든 일은 무슨 일이든 다 이유가 있고 생각이 있단다."

그때 그 깊은 뜻을 어찌 헤아릴 수 있었겠는가! 소통과 이해를 이르는 교훈이 아니었을까? 하는 생각이 든다. 살면서 친정 부모님의 일러주신 여러 가지 말씀은 가끔 나를 멈추게 하고 돌아보게 한다. 또한 참을성을 넣어주기도 한다. 말을 마구 하지 않는 것도 가정교육 덕분이다.

시아버지께 야단을 심하게 맞았을 때도 친정 부모님 말씀이 귀에 쟁쟁하게 들렸다. 시아버지께서는 나에게 아무런 자초지종을 묻지 않으셨다. 해명할 틈도 주지 않으셨다, 친정어머니는 '미물의 행동일지라도 이유가 있고 생각이 있다'라고 하셨는데….

그 이후로 내 안에는 상처받은 27세 하얀 아이가 살았다. 그 아이는 가끔 불쑥불쑥 찾아와 나를 눈물짓게 한다. 이제는 내가 그때의 시아버지

보다 더 많은 나이가 되었으니, 하얀 아이도 놓아줄 때가 된 것 같다.

'이제 됐어. 그만 울고, 나와서 자유롭게 살아가렴.'

7

어머니는 아이를 위해서
무엇을 한 것인가?

3월이 되면 내가 하는 교복사업은 바빠진다. 아이들은 초등에서 중등으로, 중등에서 고등으로 진학한다. 교복을 미리 맞추었다가 입학식 날 입고 간다.

학생들의 교복은 단점도 있지만, 장점이 더 많다. 소속감을 느껴야 하는데 백 마디 교훈보다 교복이 낫다. 교복을 입으면 내 학교가 표시가 나니 행동에 조심한다. 또 교복을 보면 쉽게 어느 학교 학생인지 알 수가 있다. 생활지도에 도움을 준다. 교복은 모두 똑같이 입으니 빈부의 표시를 안 나게 하는 장점도 있다. 만약 자유로이 옷을 입힌다면 잘사는 아이들의 옷을 보고 형편이 안되는 학생들은 사고 싶어 부모를 조르게 될 것이다. 돈이 없어 못 사준다면 학교에 가는 것조차 싫어질 수도 있다. 학생에게 교복 착용을 의무화하는 더 중요한 이유는 20세 미만의 청소년이기 때문이다. 자칫 어긋날 수도 있는 청소년들을 잘 보호하기 위함이다. 교복은 일종의 청소년 보호막이다.

중학교에 진학해서 교복을 맞추면 여학생들은 간혹 치마를 짧게 고친다. 그런 것이 못마땅한 부모와는 졸업 때까지 3년 전쟁이다. 시대에 따라 반영하는 것이니 기다리면 해결된다. 만약 긴치마가 유행이라면 절대 짧게 고치지는 않을 것이다. 부모님들은 '내 아이가 공부는 못하고 옷에만 신경을 쓰나?' 하고 염려하기도 하는데, 꼭 공부를 못하는 학생들만이 하는 행동은 아니다.

어느 해의 일이다. 보통 중학교에서 아주 성적이 좋은 학생은 고등학교에서 좋은 조건으로 입학을 유도하기도 한다. 원하는 것을 들어준다는 조건을 제시받은 공부 잘하는 학생의 원하는 조건은, 치마를 짧게 입는 것이었다. 이렇듯 어른들은 이해가 안 가지만 아이들에게는 아이들만의 절절한 소원이 있다.

남학생들 바지도 유행이 있다. 몸에 딱 맞는, 좁은 스키니 바지가 유행이다. 아이들 말로 7통, 6통, 5통으로 수선을 하는데 5통이면 엄청 좁은 쫄바지 형태다. 5통이면 입을 때 발이 안 들어간다. 비닐봉지를 발에 끼고 간신히 입는다. 부모들은 질색팔색한다. 왜 방에 치워도 치워도 검은 비닐봉지가 나오는지 이해가 안 가는 일이다. 그러나 걱정을 안 해도 되는 부분이다. 넓은 바지가 유행되면 쫄바지는 아예 쳐다보지도 않을 것이다.

지금은 사업을 하는 내 아들이 고등학교에 다닐 때의 유행은 넓은 통바지였다. 14인치 통바지를 온 길바닥을 다 쓸고 다닌다. 집에 들어올 때, 현관에서 기다렸다가 옷을 벗고 들어오라고 해야 하니 늘 현관에서 지켜야 한다. 당연히 지금은 넓은 바지를 입으라 해도 안 입을 것이다.

학생들의 교복은 유행에 따라 달라지고 발 빠른 아이들은 세탁소에 가서 맘에 들게 고쳐서 입는다. 오로지 모양낼 것이 교복뿐이니 어쩌겠는가? 세월이 가는 수밖에….

입학 철이 되면 잔잔한 에피소드가 많다. 어느 해인가 3월 2일 입학식 날 일어난 일이다. 교복도 다 찾아가니 가게가 한가했다. 나는 반찬거리도 살 겸, 슈퍼에 가려고 가게 문밖으로 막 나서려던 참이었다. 에쿠스 한 대가 미끄러지듯 오더니 가게 앞에 선다. 나는 나가려다 말고 얼른 다시 들어와 인사를 건넸다.

"어서 오세요.."
"아니 교복을 아이가 얼마나 클지 보고 팔아야 할 것 아니야!"

억지도 유분수다. 얼마큼 클지를 어찌 알고 팔겠는가? 들어서자마자 대뜸 삿대질하더니 구겨진 교복 봉지를 내 앞에 탁 내려놓는다. 학생도 같이 와서 옆에 있는데 이렇게 소리치며 무례한 행동을 하다니! 나는 얼른 아이의 눈치를 살폈다. 청소년 선도하는 처지라서인지 아이 걱정이 자동으로 된다. 아이는 고개를 푹 숙이고 문 옆에 바짝 붙어 있다. 아이의 마음은 얼마나 불편할까? 눈에 넣어도 안 아플 내 귀여운 아이에게 부모가 하는 행동은 가끔 앞뒤가 안 맞을 때가 많다.

입혀보니 다 괜찮은데 엉덩이 부분이 좀 작다. 아마도 그 사이에 아이가 조금 컸나 보다. 바꿔주려고 옷을 보니 드라이를 한 옷이다. 드라이했거나 옷에 이름을 새기면 바꿔주지는 못하고 수선을 해준다. 어차피 새 옷으로 교환은 안 되는 상태인데 막무가내다. 새것을 내어놓으라고 야단이다.

사람의 성격은 천차만별이다. 가게를 운영하다 보면 여러 종류의 사람들을 만나게 된다. 돈이 많다고 성품이 넉넉한 것도 아니다. 한 세상 살면서 항상 내가 손해 보고 남만 이득이 되게 할 수는 없다. 그러나 적어도 이치에 맞게는 살아야 한다. 일이 벌어졌을 때, 혹, 내가 잘못하지 않았더라도 어떻게 처리해야 하는가는 몇 마디 오가는 대화에서 진실이 드러나고 느낌이 온다. 잠깐 말을 주고받으면 이미 판가름 나기 때문이다. 내 잘못을 인정하는 것은 현명한 처사라고 할 수 있다. 그러나 잘못을 알면서도 인정 안 하는 것은, 결국에는 본인이 손해를 입게 된다. 진리는 통하기 때문이다. 일상에서 관대하려면 약간의 내공이 필요하다. 삶에 대한 내공이란 살면서 사회성으로 터득이 되고, 책으로도 앎이 형성된다. 그래서 공자님은 '공부해라, 공부해라.' 소리치나 보다.

"오늘 저녁에 찾아가세요. 내일 학교에 가야 하니 얼른 고쳐놓을게요."
"거 참 새것을 달라니까 그러네."

'인격이 있다'라고 하는 것은 어디에 기준을 두는 것일까? 인격은 어디에서 생성되는 것일까? 문제를 바로 보면 답은 그 속에 있다. 타협하지 못하는 것은 결국 자기 욕심이 과해서이다. 부득부득 새것을 달라고 어기지를 쓴다.

'겉과 속이 이렇게 다를 수도 있는가?' 시종일관 반말을 하는 이분은 어울리지 않게 참으로 인상이 후덕하다. 넉넉하고 품위 있는 얼굴인데 말하는 것은 전혀 반대다. 사람의 말은 바로 인격을 나타낸다. 한번 뱉은 말은 도로 주워 담을 수 없다. 익은 벼가 고개를 숙이듯이 '지식이 많으면 모자란 것을 안다.'라고 했다. 적어도 모자람을 알기 때문에 말을 함부로 하지는 않는다. 우리가 늘 하는 말은 참으로 편리하지만, 많은 조심성이 있어야 한다.

잠시 한적하길래 방금 도착한 책이 궁금해서 한 권을 펴고 앉았다. 갑자기 문밖이 시끌시끌하다. 한 어머니가 아이의 머리를 연신 콩콩 쥐어박으며 들어선다. 심히 화난 말투로 으레 하는 인사도 없이 아주 크게 말한다.

"글쎄 다 교복을 입고 왔는데 우리 애만 안 입고 갔어요. 난 창피해 죽을 뻔했어요."

"교복을 아직 안 찾아가셨나요?"

"그게 아니라 맞추지 않았대요, 아무거라도 맞는 거 주세요."

"진작 맞추어야 할 거 아냐? 방학 내내 뭘 한 거야?"

어머니는 또다시 아이의 머리를 톡톡 친다.

정말이지 누구의 잘못인지 모르겠다. 교복은 어머니가 아이를 데리고 와서 맞추는 것이 상식이다. 아이 혼자서 와서 교복을 맞추지는 못한다. 어머니 잘못 같은데 계속 아이만 닦달한다. 어머니는 방금 학교에서 입학식 할 때 많이 창피했나 보다, 그러나 정작 아이는 친구들이 모두 교복 입고 온 터에 얼마나 난처했을까?

다행히 맞는 옷이 한 벌 있어서 챙겨주었다. 교복을 가지고 나가면서 어머니는 여전히 분이 안 풀렸는지 아이 머리를 또 '콕콕' 쥐어박는다.

가정환경과 아이 교육은 밀접한 관계가 있다. 아이를 잘 기르는 것은 아버지의 역할도 배제할 수 없지만, 우선은 직접 어머니의 역할이다. 아이에게 사랑과 관심을 가지는 것이 그 첫째라고 할 수 있다. 가정교육에서도 적절한 규칙과 규율은 있어야 한다. 더욱 중요한 것은 부모는 아이에게 언어와 행동에 모범이 되어야 한다. 이런 일들은 아이에게 중요한 자아존중감을 심어주는 일이기 때문이다.

우리나라의 모든 어머니는 아이 교육을 남보다 많이 시키려고 노력한다. 그런데 이 아이의 어머니는 아이를 위해서 방학 내내 무엇을 한 것인가? 관심은 있는 것인가? 청소년 선도를 하고 아이들을 대면하다 보면, 아이들의 범죄와 가정환경은 관계가 아주 깊은 것을 볼 수 있다. 이 어머니를 보니 아이가 걱정된다.

8

노인이 되면
물어보는 말만 대답해라

    노인 인구수가 나날이 늘어가고 있다. 예전 우리 사회는 노인을 존중하고 우대했다.

    환갑이 되면 크게 잔치를 열었다. 그만큼 노인이 많지 않았었다. 그러나 그것은 옛날 옛적 이야기다. 고령화 시대에 접어들고 동네마다, 거리마다, 노인들이 많다. 존중받고 우대받을 생각은 선반 위에 잘 모셔두는 것이 편안하다. 스스로 예쁜 노인이 되도록 오히려 노력해야 한다. 젊은 사람들과 한세상 사이좋게 같이 살아가려면, 조심해야 할 일이 너무도 많다. 매사에 신경 쓰고 배려해야 한다.

안하무인(眼下無人) 격인 노인을 좋아할 사람은 없을 것이다. '어린 사람에게도 배울 것이 있다.'라는 한자 숙어, 불치하문(不恥下問)의 뜻을 새길 필요가 있다.

노인은 고집이 세다. 살아온 세월이 많으니 '젊은 너희보다 내가 더 많이 안다.'라는 착각을 한다. 급변하는 이 시대에는 노인보다 젊은이가 똑똑하다. 노인은 옛날이야기를 많이 한다. 지나간 일들이 많기 때문이다. 옛날이야기는 젊은이들에게 하지 않는 것이 좋다. 시대는 달라졌고 젊은이들에게는 신기하지도 않고, 더구나 재미도 없다. 이야기가 두서없이 길어지니 지루하기만 할 뿐이다. 필요한 말만 하는 습관을 들여야 한다. 짧게 말하면 좋고, 말 안 하면 더 좋다. 그러나 나이가 들면 이상하게 말이 많아지고 길어진다. 노파심은 젊은이들을 불편하게 한다.

영국이 낳은 세기의 작가 '셰익스피어'는 노인이 되면 물어보는 말만 대답하라고 말하기도 했다. 말은 많이 하면 잔소리로 당연히 변형되는 기질이 있다.

나이가 들면 내 귀가 어두워 더 큰 소리로 말한다. 젊은이들은 그것도 싫은 조건이다. 생체리듬 속에 귀가 어두운 것은 어쩔 도리가 없다. 이것만은 젊은이가 양보해주어야 한다. 적격인 해결책은 노인들이 의식적으로 작은 목소리로 말하는 것이다. '왜 그래야 하는데?' 하고 노인들이 반

문한다면 더 할 말이 없지만, 이 세상은 노인만 존재하는 것이 아니다. 노인이 많은 세월을 살고 귀가 잘 안 들리는 것은 본인에게 국한된 일이다. 젊은 사람과는 무관한 일이다. 나이 많음이 자랑도 아니고, 우대받을 일도 아니다. 굳이 '세익스피어'의 말을 인용하지 않더라도 노인이 되어서는 심리적 추구를 게을리 하지 말고, 음악과 책을 사랑하고, 자연의 아름다움을 만끽한다면 그 이상 좋을 것이 없을 것이다. 교양 있는 노인은 지금을 즐기는 노인일 것이다.

또 하나 젊은이들이 이구동성으로 말하는 것이 있다. 냄새가 나서 노인이 싫다는 것이다. 노인이 되면 목욕하는 것이 힘들고 귀찮아지게 된다. 그러나 명심해야 할 것은 하루에 한 번 목욕은 꼭 해야 한다. 사람은 나이 들면 몸에서 좋지 않은 냄새가 난다. 비누나 샤워 물품에는 꽃향기가 있다. 매일 잘 씻기만 하면 냄새는 나지 않는다. 물을 자주 마시는 것도 도움이 된다고 한다. 목욕하지 않아서 냄새가 심하게 나는 노인이 옆에 앉아있다면, 이해하기에 앞서 누구라도 그 사람이 싫어질 것이다.

나이가 들면 옛날에 입었던 옷들일랑 과감히 버려야 한다. 안 버리면 외출할 때 다시 입게 된다. 노인일수록 더욱 잘 챙겨입어야 한다. 옷을 잘 입으면 기분도 상쾌하다. 외출할 때 입을 비싼 옷이 있다면 집에서도 입는 것이 현명하다. 옷은 깨끗하게 세탁하고, 노인은 가능하면 다림질도 해서 입으면 더 좋다. 누추한 사람을 좋아할 사람은 없다. 젊은 사람만이 문제가 아니라, 노인 상호 간에도 지저분한 노인은 상대하려 하지 않을 것이다. 가능하면 신경을 써서 반듯하게 걷는 연습도 필요하다. 맵시가 나지는 않지만 고상한 노인이 된다. 할 수만 있다면 구부정한 것보다 반듯한 것이 낫다.

우리 사회문화에는 노인이 차에 오르면 자리를 양보받는다. 양보해주니 아무 말 없이 털썩 앉지 말고 반드시 고맙다고 말하는 습관을 들여야 한다. '아이고 다리야.' 하면서 앉는 것보다 '고마워요.' 하면서 앉는 것이 훨씬 품위를 지키는 일이다. 또한, 일거양득이 된다. 사람의 뇌는 과학적이어서 우리 주인이 '감사의 인사를 하는구나!' 하고 좋아한다. 뇌가 좋아한다는 것은 작게나마 엔도르핀을 생성한다는 것이다. 누이 좋고, 매부 좋은 일이다.

나이가 들면 마음을 넓게 써야 한다. 부드러운 표정은 인성을 대변한다. 욕심이 많고 이기적인 노인은 심술궂게 얼굴 근육이 굳어져 있다. 입은 언제나 꾹 다물고 볼은 늘어져 있다. 평소 고운 마음을 가지고 봉사하며 즐겁게 생활하면 인상은 후덕하게 변화된다. 비록 주름진 얼굴이어도 온화하게 된다. 미소 지은 표정을 늘 하다 보면 미소로 얼굴 근육이 잡히기 때문이다.

아름다운 얼굴을 만드는 데는 비법이 있다. 우리가 식탁 아래, 혹은 의자 뒤쪽에 무엇인가가 떨어지면 그것을 꺼내야 할 것이다. 손이 잘 들어가지 않고 힘이 드니 오만상을 찌푸린다. 그럴 때도 인상을 쓰면서 꺼내지 말고, 의식적으로 웃으며 꺼내는 습관을 들여야 한다. 나에게 제일 예쁜 표정을 거울을 보고 연습하면 좋다. 거울 없이도 평상시에 그 표정을 잘 기억했다가 지어본다. 손이 안 닿는 구석진 곳의 물건을 꺼낼 때도 기억된 미소를 지어보는 습관을 들여보자! 머지않아 온화하고 아름다운 표정이 그대로 얼굴 근육에 남게 될 것이다. 호감이 가는 인상은 대외관계에서 좋은 성과를 끌어낸다.

나이 들어가면 남들이 좋아하지는 않더라도 적어도 싫어하지는 않게 행동해야 한다. 넉넉한 마음으로 자기 수련을 해야 한다. 감사와 사랑이 명약이다.

봄의 향연 ──

나이 들어가면 남들이 좋아하지는 않더라도 적어도 싫어하지는 않게 행동해야 한다. 넉넉한
마음으로 자기 수련을 해야 한다.

9

친구는 선택이 아니라
운명이다

"성희야, 빨리와~!"

"나 기다린 거야?"

"응, 같이 들어가려고, 숙제는 다 했어?"

"아~! 맞다, 숙제 안 했네."

"그래? 얼른 들어가서 내 것 보고 베껴."

초등학교 시절 때의 일이다. 아침에 교문에 들어가다가 우연히 뒤를
돌아보게 되었다. 약간 멀리에서 같은 반 친구가 오고 있었다. 그때까지

우리는 친한 사이는 아니었다. 나는 한쪽 편에 서서 그 친구가 올 때까지 기다렸다. 그리고 함께 나란히 교실로 들어갔다. 다음 날도 나는 교문 앞에서 그 친구가 오기를 기다렸다가 같이 들어가곤 했다. 왜 그랬는지 이유를 모르겠다. 하지만 단지 그것뿐인데, 둘도 없는 단짝이 되었다. 혹시 내가 늦게 가면, 그 친구는 교실에 들어갔다가, 다시 나와서 나를 기다려 주었다.

세월이 흘러 이제는 둘 다 60이 넘었다.

좋은 친구란 할 말도 없으면서 만나고 싶고, 시간도 없으면서 같이 있고 싶다. 친구를 생각하면 아련하고 애틋한 감정이 일어난다. 사랑하는 남녀 간의 사이보다 더 진한 것이 친구의 정이다. 오래된 장맛이 깊듯이 오래된 친구 사이는 진국이다. 이성 간의 사랑보다 더 숭고하다.

오늘은 친구가 입원해 있는 병원에 면회가 허락되는 날이다. 나는 항상 깨끗이 세탁해 놓은 옷으로 갈아입고 원주에 있는 병원으로 향한다.

친구는 위암 말기이다. 의사를 만났더니, 희망이 없는 말만 한다. 이제 60을 갓 넘겼으니 요즘 나이로는 청춘이다. 창세기 6장 3절에 "그들의 날은 일백이십 년이 되리라." 하며 인간은 120살은 사는 것을 밝혀 놓았다. 또 『동의보감』을 쓴 허준 선생님도 인간은 120살까지 산다고 했다. 성경이지만 아담은 930세를 살았다. 무드셀라는 969세, 노아는 750세, 아브라함은 180세를 살았다. 친구는 60살이 갓 넘었는데 아무리 생각해도 억울하다.

"성희야! 나 왔어, 잠은 잘 잤어?"
"바쁜데 뭐 하러 왔어, 이제 애들이 자주와."

동갑내기인 친구는 내가 가기만 하면 바쁘니 오지 말란다. 자식들이 자주 온다는 것도 다 거짓임을 나는 알고 있다. 자식은 늙어보지 않아서 노인의 외로움을 모른다. 병원에서의 고독하고 지루한, 기약 없는 시간을 알 리가 없다. 부모보다 아이 돌보는 일에 하루가 모자란다. 나 역시 예전 어느 날 딸이 대학을 다닐 때의 일이다. 가슴이 싸하며 기분이 이상했다. 시계를 보니 저녁 9시였다. 얼른 딸에게 전화를 걸었다. 엄마가 기분이 너무 이상하니 빨리 차 몰고 집으로 오라고 했다. 딸은 아무 탈 없이 집으로 돌아왔는데, 다음 날 서울 오빠한테서 전화가 왔다. 아버지가 돌아가셨다는 것이다. 아버지 생각은 꿈에도 못 했고 딸만 빨리 들어오라고 연락을 한 것이다. 한참 모자란 것이 부모에 대한 자식 생각이다. 내리사랑의 진리를 다시 한번 느꼈다.

"의사한테 들렀다 왔어?"
"응!"

"나 언제 죽는대?"

"맨날 그 소리, 요즘은 아파도 오래 살아!"

"나는 네가 더 걱정돼."

"내가? 왜?"

"더 잘 알면서…."

친구는 내게 가게 일을 그만하라고 늘 말하곤 했었다. 직원도 많으니 하고 싶은 거 하면서 살라고 다그친 지 벌써 20년 정도는 된 듯하다. 그러더니 요즈음은 아예 가게를 접으라고 성화다. 둘 다 열심히 살았으니 이제는 다른 세상을 살아보자고 한다.

아들 결혼만 시키면 제일 먼저 유럽여행을 하고 싶다고 입버릇처럼 말했다. 세월이 흘러 아들 결혼도 시키고, 결단력 있는 친구는 일에서 손을 놓았다. 이제부터 진정 친구의 삶을 멋들어지게 살아볼 참이었다.

우리는 인생에서 멈춰야 할 때를 간간이 의식한다. 미련하게도 차일피일 미루고, 밀려서 가다 보니 행동으로 옮기지 못한다. 그러다가 늦게야 후회하는 일이 비일비재하다.

'그러게, 내가 너무 가게를 오래 하는가 보네….' 나는 씁쓰레하게 웃으며 병원 창밖을 내다보았다. 초등학교 운동장보다도 더 큰 주차장이 빽빽이 자동차로 메워져 있다. 건너편 새로 만든 주차장도 연신 들어오는

차들로 비어 있는 공간이 없다.

'아픈 사람이 차고 넘친다. 이 많은 사람이 왜 환자가 되었을까?'

의사는 스트레스가 병의 원인이라 말한다. 보통 우리 상식으로도 스트레스가 해가 되는 것은 안다. 그러나 인간은 살아 있는 동안에 스트레스를 안 받고 살 수는 없다. 그뿐만이 아니다. 현대에는 애석하게도 환자가 될 소지가 음식에도 널려 있다. 일본의 방사능 노출로 생선도 먹기 겁난다. 유전자로 콩이나 옥수수를 대량 만들어 가축을 먹이고 결국에는 사람이 먹는다. 100가지 농약을 써야 예쁜 사과를 딸 수 있다. 그러면서 껍질을 먹으라고 한다. 영양이 아무리 많아도 껍질은 깎아서 먹는 것이 농약을 덜 먹는 일인 것 같다. 생으로 먹는 파도 농약을 치고 비료를 준다고 하니 무엇을 먹어야 할지 감이 안 온다. 환자가 병원마다 넘쳐나는 것은 어찌 보면 당연하다.

많은 먹거리 악조건 속에서 우리는 지혜롭게 처신할 수 있다. 사람마다 자기가 선택해서 자기 맘대로 먹을 수 있기 때문이다. 그러나 먹거리 조절이 맘대로 안 되니 그것이 문제다. 살다 보니 운 나빠서 환자가 된 것 같지만 원인은 모두 본인에게 있다. 운동 안 하고, 과식하고, 음주하고, 흡연한다.

친구의 남편도 알코올중독으로 허구한 날 술에 취해 살다가 간암으로 먼저 세상을 떠났다. 홀로 남아 아들 대학 보내고, 장가보내고, 이제 좀 편하게 지내려나 했는데….

인생은 60부터라는 말도 있다. 요즘으로 보면 60은 젊은 나이에 속한다. 병실에 누워 있는 친구를 보면 너무 속상하다. 눈물을 감추려고 고개를 돌리니, 침대 머리맡 장에 이것저것 건강보조식품이 보인다. 아들이 엄마를 위해 사다 놓은 것인가 보다.

"저런 거 먹어도 되는 거야?"

"아니, 의사가 먹지 말래서 안 먹어." 의사가 먹으래도 안 먹을 친구다.

"면회시간이 다 되었어요." 간호사가 나가라는 신호다.

친구의 이불을 다독여 주고 일어섰다.

"또 올게."

나는 병실을 나올 때 돌아보지 못한다. 친구의 눈물은 차마 마주하기 힘들다.

친구는 병실에 누워서 살아온 세월을 반추한다. 나는 친구를 보며 나를 돌아본다. 나도 친구처럼 갈 날을 앞에 두고 후회 같은 건 안 할까? 그녀의 삶은 인생 모두가 희생이었다. 세상 막일은 안 해본 것이 없을 정도였다. 그러나 혼자서 아들을 공부시켜야 했던 본인의 처지는 조금도 후회하지 않는다. 오히려 대학까지 잘 보내고 결혼시킨 것을 흡족해한다. '어머니는 힘이 세다, 어머니는 강하다.'라는 문구는 친구에게 완벽하게 어울리는 말이다.

엉뚱하게도 친구가 걱정하고 안타까워하는 것은 내 생활이다. '너는 꿈이 많아, 가게 일은 그만해.'라고 병원에서조차 만날 때마다 말한다. 재주가 많으니 세상 밖으로 나와서 맘껏 능력을 펼쳐보란다. 아마도 날개를 접고 있는 내가 측은한가 보다.

'친구는 선택이 아니라 운명이다.'라고 말한 헨리 애덤스(Henry Adams)의 마음을 곰곰이 추적해 본다.

제2장

나이 60 넘어
세상 밖으로 나오기를
참 잘했네

1

세상 첫걸음,
필리핀 해외 봉사

가게와 집만 오고 가며 오로지 유니폼사업에만 몰두하던 나는 환갑이 되어서야 바깥세상으로 나왔다. 봉사할 곳을 찾던 중 월드비전을 알게 되었고, 스스로 후원 이사가 되었다. 봉사를 원하면 누구나 월드비전 후원 이사가 될 수 있다. 그 안에서 대략 30명 정도 작은 단체가 형성되고 다달이 지원금과 회비를 내고, 모임을 통해서 지역봉사와 해외 봉사를 한다. 혼자 가면 힘든 길이 좋은 사람들과 같이 가면 즐거운 길이 된다.

봉사란 자발적으로 자기 시간과 돈을 투자해서 사회, 혹은 타인을 도와주는 것이다. 봉사의 틀 안에서 정의를 새롭게 더 내려 보자면, 봉사란

타인을 위한 것이므로 나를 우선시하는 것이 아니라 타인의 입장에 나를 맞추는 것이 더 옳다고 하겠다. 상대방이 원하는 시간에 상대방이 간절히 원하는 것을 봉사로 도울 수 있다면, 투철한 봉사 정신을 함양한 봉사인이라 할 수 있다.

아주 작은 실천으로 첫째는 함께하는 모임의 만나는 날에 빠짐없이 참여하는 것이고, 둘째는 회비나 기금을 밀리지 않고 내는 것이라고 볼 수 있다. 이러한 봉사인의 기본을 잘 지키면, 중간에 탈퇴하지 않고 오랫동안 참 봉사를 이어갈 수 있다.

월드비전 큰 대문으로 들어서서 봉사인들을 살펴보니 월드비전 사회 안에는 누가 알아주는 것에 기인하지 않고 오른손이 하는 일을 왼손이 모르게 봉사하는 사람들이 의외로 많다. 조금만 눈을 돌리면 지역에 어려운 학생들도 많이 보이고 해외에 어려운 어린이들도 많이 보인다. 꼭 돈이 많아야 봉사를 하는 것은 아니다. 큰돈으로 후원하면 많은 도움이 되겠지만 작은 봉사가 나름대로 의미가 있다. 오히려 적은 금액으로 끊임없이 봉사하는 것이 더 효과적이기도 하다.

해외로 봉사를 나가게 된 것은 월드비전 후원 이사가 되고 한참 후의 일이다. 개미 쳇바퀴 돌듯 안에서만 살아온 내가 나라 밖으로 봉사하러 가게 되었다. 전 회원이 다 간 것은 아니고 13명의 회원이 함께 떠나게 되었다. 우리나라 인천공항은 아이들 언어로 번쩍번쩍 으리으리한데 필리핀에 도착하니 그저 수수했다. 대한민국이 잘사는 나라인 것이 한눈에 확인된 셈이다.

필리핀 날씨는 더웠고 습했다. 봉사하기로 한 교회로 가서 짐을 풀고 있는데 우리나라 60년대에나 볼 법한 하드 아이스크림 파는 청년이 통을 메고 교회 마당에 들어섰다. 하드 아이스크림 장사를 보자 한 회원이 얼른 사서 모두에게 돌렸다. 회원들은 아이스케이크를 한입에 삼켰다. 그때 다급하게 멀리서 총무님이 먹지 말라는 신호를 보냈다. 회원들은 이미 우적우적 먹고 있었다. 총무님이 급하게 달려와 버리라고 했다. 그런데도 산 것이 아깝다고 모두 먹어치웠는데 아니나 다를까 다 같이 배탈이 났다. 알고 보니, 물이 귀해서인지 후진국이어서인지 얼리는 물이 정수가 아니었고 대장균이 많이 포함되었다고 한다.

필리핀에서 가장 맛나게 먹었던 간식은 망고였다. 망고의 성분에는 오메가3와 철분 그리고 비타민이 다량 함유된 거로 알고 있다. 피곤을 푸는 데는 일품 간식이다. 노란 망고를 반으로 잘라서 스푼으로 긁어먹는 맛은 기가 막혔다. 망고는 열대 과일의 왕이다. 미국 남부지역과 페루, 그리고 동남아시아와 중국 남부지역에서 두루 재배되고 있다. 우리나라도 제주도에서 자연 재배는 아니고 시설 안에서 재배되고 있다.

우리의 봉사는 교회에 도서관을 지어주는 일이었다. 더운 날씨 탓에

맥없이 쉬고 있는데 목사님께서 한 걱정하신다. 얼마 전 내린 비로 교회 담이 무너져 내렸다고 한다. 봉사의 힘은 참으로 위대하다. 이사 한 분이 즉석에서 30만 원을 후원했다. 벽돌, 시멘트, 모래 등등이 즉시 도착했다. 더운 날씨였지만 우리 회원 모두가 달려들어 담을 복구했다. 나는 벽돌 나르는 일을 맡았는데 더운 날씨 때문에 정말 힘들었다. 사람이 많으니 저녁 먹기 전에 멋진 담이 복구되었다. 좋아하시는 목사님의 웃는 모습은 지금도 선하다.

'봉사라는 것은 이런 것이구나.' 느낌이 확 와닿았다. 봉사는 받는 사람도 좋지만 주는 사람도 받는 사람 못지않게 더 기분 좋다.

도서관은 5년 계획을 잡은 봉사였다. 기초 다져놓고 망고나무 심는 데만 사흘 걸렸다. 다음 해에 다시 와서 하기로 하고 교회를 떠났다. 우리가 다시 도착한 마을은 잘 사는 좋은 집도 있었고, 집이라고 할 수 없는 나무로 얼기설기 막아놓고, 바닥은 흙인 집도 있었다. 가져간 물건을 어려운 집들을 골라서 나누어 주었다.

우연히 나이가 지긋한 필리핀 여인이 혼자 사는 집에 즉석에서 초대를 받았다. 고등학교 교장 선생님까지 하고 퇴직했다고 했다. 필리핀은 영어를 쓴다. 나는 영어를 못 하고 그분은 한국어를 못하니 각각 자기 말만 했다. 대충 단어에서 말을 짐작하고 대화를 이어갔다. 나이를 물어서 62세라고 했더니 동갑이라고 한다. 그러고는 나보고 엄청 젊다고 덧붙인다. 실제로 동갑인 그분은 70세는 넘어 보였다.

일정을 다 마치고 비행장에 도착했을 때 마침 시간이 많이 남아서 일몰을 보게 되었다. 참 장관이었다. 나는 동해에 사는지라 일출은 자주 보지만 일몰은 필리핀에서 처음 보았다. 워낙 여행을 자주 못 다닌 형편 탓도 있었다. 월드비전 봉사가 내게는 호강이었다. 스타벅스에 들어갔는데 우리나라와 가격도 비슷했고 맛 또한 비슷했다. 하긴 세계 어느 나라에 가도 스타벅스 커피 맛은 똑같을 것이었다.

우리가 살아가면서 봉사는 아주 중요하다. 내 안의 나를 무한히 성장시킬 수 있기 때문이다. 내가 스스로 한다는 의미에서 봉사는 자기에게 커다란 만족감과 자신감을 심어준다. 특히 나이가 들어 하는 봉사는 더 그렇다. 가끔 외국 할머니들이 식당에 시간 아르바이트하고 받은 돈으로 봉사하는 이야기를 듣는다. 자기만족을 위해서도 좋은 일인 듯하다.

봉사의 장점은 무한히 많다. 봉사활동을 하면 시야가 넓어진다. 안 보이던 어려운 사람들이 요소요소에 있음이 보이고, 도와주어야만 하겠다는 의무감도 생긴다. 스스로 직접 참여하는 공동체 의식을 가슴에 담아 놓는다. 우리 스스로가 참여하는 개개인의 봉사에서 사회적 가치가 저절로 만들어진다. 내가 모를 뿐이지 경제적 가치도 뛰어나다. 실제로 지역이나 국가에 내 작은 힘은 큰 힘이 되어 발사된다.

60에 세상 밖으로 나와서 월드비전 봉사를 시작한 것은 내 인생에서 그중 잘한 일이다.

필리핀 해외 봉사는 5년 동안 계속됐다. 도서관을 다 짓고 책도 넣어주고 마쳤다. 해외 봉사 경험은 몇몇 해를 지난 지금 생각해도 멋지다. 가슴 따뜻한 봉사였다.

2

길은 찾는 자에게만 보인다

고등학교 시절에 김형석 교수님의 『영원과 사랑』이란 수필을 읽었다. 엄청나게 감동했다. 목차 중에는 '행복이란 무엇인가?', '누구를 위한 삶인가?', '신은 존재하는가?' 등등 여고 시절 나는 김형석 교수님의 '에세이'에 홀딱 빠져버렸다. 교수님의 책이란 책은 모두 수집하고 읽어댔다. 항상 한 권씩을 가슴에 안고 다닐 정도였다. 이런 책을 나도 쓸 수 있었으면 좋겠다고 갈망했다. 여고 시절의 꿈인데 아직도 못 이루고 평생소원이 된 것이다. 속으로는 나도 써봐야지 하면서도 시작도 못 했다. 엄두도 안 났고 방법도 몰랐다. 그리고 결혼을 하자 내 소원은 생각할 틈도 없이 날아갔다.

'세전 토끼'라는 속담이 있다. 태어나서 첫 번째 설을 쇠기 전 어린 토끼를 이르는 말이다. 늘 같은 길로만 다닌다는 융통성이 없는 사람을 빗대어 말할 때 쓰이기도 한다. 생각해 보니 꼭 나 같은 사람이다.

'배울 시간이 있겠어?'
'계속 시간이 나겠어?'

하고 싶은 것이 많은 나는 가슴속에 꾹꾹 눌러 담는다. 바깥세상의 무엇인가를 하는 것은 절대로 가능하지 않을 것이라는 체념하에 세전 토끼처럼 도전해보지도 않았다. 집에서 가게로, 가게에서 집으로, 세전 토끼로 살다가 60에 나와 보니 세상이 눈이 부셨다. 힘들지만 무작정 용기 내서 세상 밖으로 나왔다. 너무 늦게 나온 탓일까? 세상 밖에서 목도 기어들어 가고 어깨도 움츠러들었다. 고등학교 시절엔 학교 대대장도 했었다. 그 용기는 어디로 갔는지 찾을 수가 없다.

세전 토끼인 나는 걸음을 내디딜 때마다 용기가 필요했다. 학습관 강좌를 천천히 둘러보니 무료수업 품목들이 많았다. 예전엔 이런 학습이 있는 줄도 몰랐다. 서예, 장구, 학춤, 라인댄스, 영어 회화·등등 고개를 갸웃하게 하는 부동산과도 있었다. 수강생도 넘쳤다. 젊은 엄마들이 예쁜 옷차림을 하고 삼삼오오 몰려다니며 무엇이 그리 재미있는지 하하,

호호 웃으며 여기저기 접수했다. 세 과목까지 할 수 있었다.

나는 저 나이에 아이 돌보는 일에 하루 24시간을 몽땅 써도 모자랐다. 잠도 모자라 아이 젖을 물리면서도 꾸벅꾸벅 존 적도 많다. 여기저기 접수하는 젊은 엄마들을 보면서, 어찌 저리 시간이 나는지 부러웠다. 예전보다 다른, 아이 기르는 노하우가 있는 모양이다.

나는 소설 쓰는 것과 연관된 것을 찾았다. 아무리 봐도 연관된 과목은 없었다. 구연동화가 눈에 띄었다. 그래도 그것이 제일 가까운 듯했다. 우선 구연동화 하나만 접수했다. 대략 20여 명이 모여 동화를 읽고 배우고 다 마치면 아이들에게 구연한다고 했다. 모두 내 딸과 같은 나이 또래 같았다.

개강 일자는 한 달 후였고 무료수업이었다. 은근히 걱정되었다. 젊은 사람들과 같이할 수 있을까? 따라갈 수 있을까? 내 머리가 녹슨 건 아닐까?

잡아놓은 날은 빨리도 온다. 살면서 나는 늘 의상에 신경을 쓴다. 옷은 사람의 첫인상을 좌우하기 때문이다. 사람이 살면서 의관을 잘 정비하는 것은 대단한 지혜에 속한다. 이것은 사회생활이나 직장생활에서도 그대로 반영된다. 즉 직장에서 어떤 일의 적임자를 고를 때, 후보자를 죽 세워놓고 고르지는 않을 것이다. 회의하면서 대상자의 이미지를 떠올리며 뽑는다. 평소에 항상 단정한 옷차림을 했었다면 모두에게 공통으로 그 사람이 떠오를 것이다. 늘 잘 차려입었던 의상의 덕을 보게 되는 것이다 '입성 좋은 거지는 굶어 죽지 않는다.'라는 말을 나는 믿는다. 그래서 비교적 자리에 맞는 의상을 잘 챙겨 입는 편에 속한다. 개강 첫날, 되도록 젊은 티가 나도록 착 달라붙는 바지에 모자 달린 긴 조끼를 걸치고 갔다. 내가 봐도 사뭇 세련돼 보였다. 소개할 때 나이를 밝혔더니 여기저기서 놀란다.

'괜히 밝혔나?'

특별한 규칙이 있는 것은 아니기에, 나이가 많은 나는 회장이 되었다. 가게에서 앉아서 동화책을 들여다볼 시간은 전연 없다. 생각해 낸 것이 핸드폰의 녹음기능이다. 핸드폰에 녹음한 다음 종일 가게에서 들었다. 얼마나 종일 틀어놓았으면 직원들도 하나같이 모두 외웠다. 점심시간에 직원들은 서로 외운 것을 자랑하기도 하고 경연대회도 했다. 아마 그래서 내가 더 잘 외우게 되었는지도 모른다. 날이 갈수록 수업은 나에게 쉬웠고, 8분짜리 동화를 외우는 것은 언제나 내가 1등이었다. 지금도 잊히지 않는 것은 『마당을 나온 암탉』 이야기가 25분짜리였는데, 아무도 외우지 못한 것을 단숨에 외우는 기지를 발휘했다. 구연동화도 맛깔스럽게 연출했다. 아이 목소리, 동물 소리를 사실대로 구연하지는 못했지만, 최대한 성격을 잘 살려서 구연했다. 내 차례가 되면 모두 "와!" 하며, 잘 외운 것에 손뼉을 쳤다.

"정 선생님처럼 구연하는 사람은 처음입니다." 어느 날 선생님이 내게 오시더니 말했다.

"제가 잘못하고 있는 건가요?"

"아닙니다. 그렇게 부드럽게 저음으로 하니 더 잘 들리네요."

"아! 제가 좀 목소리가 낮지요?"

"아닙니다. 목소리가 너무 좋습니다. 아이들 수업에는 딱! 입니다."

선생님 이야기를 들으니 두려움은 멀찌감치 사라지고, 머리가 맑아졌다. 동화 수업은 자연스럽게 잘 되어갔다. 선생님이 주신 책으로 동화이론을 공부했다. 그러나 소설 쓰는 것에는 아무런 도움이 되지 못했다.

인근에 있는 당시의 관동대학에 전화를 걸었다. 대답은 소설 쓰는 학과는 없다는 것이다. 연극영화과가 그중 가깝다고 교수님이 말씀 하시는데 내 생각엔 그것도 아닌 듯했다. 연극영화과에 입학해서 4년을 보낼 일은 아니었기 때문이다. 시대가 발달하여 지금은 유튜브에 여러 강의가 나오고 쉽게 궁금증을 해결할 수 있다. 또 인터넷에 학원도 많아서 원하는 것을 찾기도 쉽고 배우기도 좋다. 글쓰기를 클릭하면 수도 없이 많은 영상과 글들이 산재해 있다.

유튜브에 보니 강원국 작가가 세상을 떠들썩하게 한다. 『대통령의 글쓰기』는 베스트셀러가 되어 30만 부나 팔렸다고 한다. 그 후로『강원국의 글쓰기』, 『말하면서 글쓰기』 등등 많은 인기상품이 줄줄이 나왔다. 나도 얼른 몇 권을 모셔왔다. 베스트 작가인 강원국은 하루에 한 줄도 글을 쓰지 않는다면 오늘을 산 것이 아니라고 말한다. 즉 어제의 삶이라는 것이다. 또 말하면서 글을 쓰면 잘 써진다고도 한다. 글을 쓰면서 자신의 내면을 키워가는 생을 살아야 한다고 주장한다. 쓸 것이 없으면 단어라도 메모를 하라고 말한다. 메모가 모이면 글이 된다는 이야기다. 글을 잘 써보고 싶은 마음에, 시간을 많이 들여서 정성껏 읽고 들었다.

세상 살면서 내 돈이 안 아까울 때는 책을 살 때이다. 글을 쓰기로 마음먹고 글쓰기에 관한 책들을 와르르 사들였다. 시대가 좋아 그것도 인터넷에 들어가면 즉시 해결이다. 더 편한 건 다음 날이면 즉시 책이 배달된다. 요즘 나에게는 매일 책이 배달된다. '글'로 집을 짓고, '글'로 밥해 먹으며, '글'로 따끈한 차도 끓여 마신다. 내일 만날 시인, 철학자, 스님이 차례대로 정렬되어 있다. 책 속에 파묻혀 있는 나는 마냥 행복하다.

'길은 찾는 자에게만 보인다.'라고 했다. 꿈을 한가득 소쿠리에 담아 들고 '글' 길로 간다. 에세이 쓰기는 무척 어렵다. 그동안 놀이책 두 권 쓰고 상담학도 두 권이나 썼는데 비교가 안 된다. 그 책들은 이론이 정해져 있다. 많이 읽고 정리만 하면 된다. 그러나 에세이 쓰기는 상상 외로 힘이

든다. 하지만 시작한 것만 해도 큰 행운이다. 쓰고, 또 쓰고 지우고, 고치고, 지금도 컴퓨터 앞에 앉아서 글을 쓴다. 하나 남은 소원을 향해 질주 중이다. 오늘도 나는 가슴 뛰는 삶을 살고 있다.

3

그래, 어디 한번 해보자

"나이는 50을 넘으면 52, 54, ~56~ 이렇게 오지만, 60이 넘으면 65, 70, 75, 이렇게 온다."

지금은 돌아가신 지인 김동건 박사님이 하신 말씀이다. 그때는 웃으면서 들었는데 나이 드니 실감 난다. 새해가 오는가 했는데 벌써 서너 달 훌쩍 갔다. 늘 일이 많으니 생각은 아예 없이 산다. 아침에 출근, 저녁에 퇴근, 이렇게 집과 가게로 오가는 것이 평생의 생활방식이다. 생각 없이 사는 나와 말만 많은 나는, 시도 때도 없이 티격태격 잘도 다툰다.

'이렇게 살고 말 거야?'

'그럼 어쩌라고?'

'밖으로 나가 봐.'

'알면서 그래, 나갈 수가 없잖아.'

'암튼 나가 봐, 나가 보라니까.'

내 안의 이상적인 자아는 현실적인 자아에게 때때로 시비를 건다. 내 안에서 서로 다른 자아들이 싸우고 있을 때, 가수 오승근의 〈내 나이가 어때서〉 노랫소리가 라디오에서 흘러나온다. 사랑하기 딱 좋을 나이란다. 피식 웃음이 나온다. 사랑은커녕 산책할 새도 없다.

'오늘도 이리 살고 말았네.' 찬물 한 컵을 휙 들이켰다. 내 속에는 엉덩이 뿔 난 망아지가 사나 보다. 바깥세상으로 훨훨 달려가고 싶다. 그때 불현듯 이런 생각이 들었다.

'맞아! 김형석 박사님은 102세인데 여전히 강연을 다니시지. 뭐! 내 나이 많은 것도 아니네! 음~! 그래, 어디 해보자~!'

내면의 두 자아와 싸우던 나는 슬그머니 결단을 내렸다. 예전에 봉사활동을 했던 동화클럽회원들과 다시 결속하고 봉사활동을 시작하기로 마음먹었다. 해체된 원인은 봉사할 곳이 없어서였다. 봉사활동을 하고

자 마음을 먹었으니, 회원모집을 하고 봉사할 기관을 찾는 일이 시급해졌다. 예전 회원들은 거의 찬성했다. 회원 13명이 모였다. 이제는 기관을 마련하는 것이 문제다. 시청, 문화원, 월드비전 등등 사방으로 전화를 걸었다.

내 가게 커다란 전화 위에 갑자기 장대비가 두두두두 내린다. 손가락이 이렇게 고마울 수가 없다. 어쩜 이렇게 전화를 빨리 누르는데 안성맞춤일까? 전화를 걸기 위해 손가락이 존재하나 보다. 고생 끝의 낙이라더니, 드디어 시립도서관 봉사 허락을 받아냈다. 처음엔 회원을 못 모을까 봐 걱정했고 봉사할 기관 못 구할까 봐 염려했는데 2가지 다 성공이다. 순번을 정해서 돌아가며 동화를 들려주기로 결정을 보았다.

이름도 거창하게 시립도서관에서 '일요일에 초등생 동화 들려주기 무료강좌'이다. '다 되었나?' 하고 한숨 돌리는데 내 할 일은 거기서 또 끝이 아니다. 기관이라서 정확한 계획서와 참여할 회원 정보까지 얼른 제출하란다. 전화기 위에 세차게 내리던 장대비가 가랑비로 바뀌었다. 회원 하나하나 전화번호 꾹꾹 눌러 정보를 확인했다. 요즘이면 카톡 개설하고 초대해서 한 번에 뚝딱 해결할 수 있는데 한세월 전이니 당시에는 꿈도 못 꿀 일이다.

60은 적은 나이가 아니지만 모두 완벽하게 해결했다.

지혜로운 독서 나눔 봉사를 실천하게 되었다.

'노력 끝에 성공!' 관장님으로부터 아이들 18명 모집되었다는 소식이다. 가슴이 설레었다. 아~ 밖으로 나가서 무엇인가 봉사를 한다는 것은 이렇게 사람 마음을 기쁘게도 하는구나! 일요일마다 도서관에 가서 순수하고 귀여운 아이들을 만날 생각을 하니 가슴이 두근거렸다.

회원들이 많으니 독서 놀이에 좋은 아이디어가 많았다. 모두 한마음으로 아이들을 위한 좋은 수업을 계획하고 준비했다. 재미있는 이야기, 좋은 동화를 물색했다. 수업은 외울 만큼 충분히 연습한 다음 아이들을 대면했다.

책을 보지 않고 아이들 눈을 보고 동화 들려주면 더 정감이 간다. 아이들 마음을 아름답게 하는 봉사는 동화를 읽어주는 것이 그중 으뜸이다. 노력하고 찾아보니 아이들을 위한 수업거리는 늘 풍성했다. 인형극이나 전래놀이도 곁들여서 했다. 특히 전래놀이는 아이들 모두 아주 좋아하는 메뉴에 속한다. 그렇게 하니 아이들의 수업이 한층 더 즐겁고 재미있었다.

아이들과 같이 묻어서 지내다 보면 회원들도 어린 시절로 돌아간 듯 즐거워했다. 어찌 보면 작은 봉사일 뿐인데 우리에게 돌아오는 가치는 무한했다.

독서 봉사활동은 능력과 시간을 나누어 아이들에게 도움을 주는 활동이다. 이러한 일은 봉사를 하는 사람들도 자신의 소외감이나 무력감을 극복하고, 사회적 연대감과 공동체 의식을 배양할 수 있다. 그러나 봉사활동을 할 때는 목적이나 동기를 분명히 하고, 그것에 충실하게 활동해야 한다. 이러한 봉사활동은 아이들을 위하는 것이 첫째 목적이지만 적극적으로 활동을 이어가면 자신의 삶에도 긍정적인 영향을 줄 수 있다.

미국의 심리학자 윌리엄 제임스(William James)는 '생각이 바뀌면 행동이 변하고 행동이 변하면 인생이 변한다.'라고 했다. 우리 회원들이 하는 독서 봉사가 아이들에게는 꿈과 희망을 주고 무한한 상상력을 심어줄 것이다. 나의 행동은 작지만 대단한 일이다. 윌리엄 제임스의 철학처럼 내 생각과 행동의 변함으로 나의 인생도 변할 것으로 본다.

나이 60에 세상 밖으로 나오는 통로가 탄탄하고, 멋지고, 영예롭게 완성이 된 것이다.

꿈은 반드시 이루어진다!

해바라기 ──

꿈은 반드시 이루어진다!

4

언제 멈출 건데?

"회장님 목공 수업 받아 보실래요?"

"뭐 하는 건데?"

"책상이나 선반 만드는 거래요."

아이들 동화봉사를 하고 나오는데 늘 함께하는 짝꿍이 목공 수업을 받자고 제의한다. 목공 수업은 작은 보석함부터 큰 서랍장까지 자유자재로 만들고 책상, 의자는 기본이라는 것이다.

"그럴까?"

"정말, 하실래요? 그럼, 낼 같이 등록하러 가요."

선반 만드는 것은, 일도 아니라니 실은 관심이 가기도 했다. 60에 세상 밖으로 나온 나는 이 길인가? 저 길인가? 하며 새로운 나의 길을 열심히 탐색하며 지냈다. 나와 보니 참 신기한 것도 많고 하고 싶은 것도 많다.

등록하니 합판 크기의 큰 제작 나무를 사야 한다고 신청하란다. 못부터 시작해서 접착제와 톱까지 부속품이 많았다. 35만 원 결재하고 나니 좀 많은 듯했다. 가르치는 강사는 다음 학기도 계속 쓰니 이렇게 장만하는 것이 낫다고 한다.

처음 작업은 책상 만드는 일이었다. 수업은 일주일에 한 번이었고 수업받아보니 한 학기에 책상 하나 완성하기도 빠듯하다. 설계도도 강사님이 하고 재단도 강사님이 한다. 그리고 큰 제조공장에 가서 기계로 자르고 붙이고 하는 것도 강사님이 한다. 수강생은 큰 기계 옆에 접근금지다. 마무리만 내가 하는 것이다. 그것까지도 간간이 강사 손이 와야 한다. 간단히 할 문제가 아니다.

'이렇게 배워서 직접 만들지 못하겠네.'
'아무래도 잘못 신청한 것 같다.'

보석함에서 서랍장까지는 줄잡아도 5년은 다녀야 할 듯하다. 더구나

설계와 재단은 모두 강사가 하니 나중에 무엇인들 만들 수 있을까?

한 한기를 마치고 덩그러니 작은 책상 하나 만들었다. 그것도 거의 강사가 한 것이다. 나무도 많이 남고 못은 하나도 쓰지 않은 상태이다. 못 사용 없이 책상을 만들었다. 접착제며 톱이며 집 창고에 즐비하게 쌓였다. 방학이 되니 다음 학기는 되어야 다른 것을 시작할 수 있다. 남은 물건과 책상과 들인 돈을 생각하니 실수를 한 것 같다.

'아! 이건 아니구나.'

'내가 무슨 재주로 일주일에 한 번씩 나가서 큰 서랍장까지 짤 수 있겠는가?'

'왜 그 생각을 못 했지?'

다음 학기에는 목공예수강 신청은 포기했다. 작은 앉은뱅이책상 하나를 만들고 35만 원의 거금이 든 셈이었다. 그보다도 창고에 쌓여 있는 물건들은 볼 때마다 스트레스를 받는다. 학습관 수업이 거의 무료이긴 해도 할 수 있는 것과 할 수 없는 것들이 있다. 큰 기계를 사용해야 하는 목공예수업은 학습관 수업으로는 아니다. 우주로 통하는 길이 처음부터 아니었다.

새 학기 강좌 종류가 나왔다. '잘 생각하고 신청해야지.' 크게 맘먹고 과목들을 자세히 들여다보았다. 방석이나 쿠션, 앞치마 등등을 만드는

홈패션을 신청했다. 예쁜 원단 사고 실 사고 원본대로 자른 다음 선대로 받으면 뚝딱 완성이다. 이번에는 작품들이 2주 만에 하나씩 나왔다. 집 안에 필요한 것들은 직접 손수 만들게 되어서 좋았다. 처음부터 각자가 다 할 수 있게 수업이 되었고 나중에 혼자서도 할 수 있다.

'내가 모르는 사이에 이렇게 유용한 수업이 무료로 있었다니.' 학습관은 1년에 두 번씩 새로 강좌 신청받는다. 나이가 많아도 아무 상관이 없다. 잘만 시간 쓰면 유용하게 많은 것을 배울 수 있다. 일주일에 한 번씩 수업하는 것이니 크게 가게 일에 지장을 주지 않았다. 하나 마치면 다시 하나 신청하고 학습관의 여러 강좌를 끊임없이 신청했다. 베개 커버 식탁보, 여름이불까지 집안에 필요한 것들은 손수 다 만들었다. 그러나 이 길도 내가 원하는 길이 아니었다.

지난 30년을 생각해 보았다. 비록 취향에 맞지 않더라도, 일찍 알았더라면 그 긴 세월 동안 만물박사가 될 수도 있었을 것 같았다. 어찌하든 세상을 잘 살아가는 지혜는 집 밖에 있었다. 그러나 한 가지 흠이 있다. 수업을 받자면 꽤 많은 재료를 사야 하는데 많이 남는다. 작은 손재봉틀. 바늘. 원단 등등이 수강 마치고 나니 수두룩하다. 목공예 재료는 더 많다.

'다 좋은데 물건 남는 게 골치 아프네, 이걸 다 어쩐담?' 창고 물건을 어찌하나 하고 내려다보는데 남편이 '툭!' 한마디한다.

"언제 멈출 건데?"

'우주로 통하는 길을 찾을 때까지….' 나는 속으로 말했다.

그러나 영원히 멈추지는 못할 듯하다. 지금은 메타버스, 오비스와 인공지능(AI)을 배우고 있다. 다 배우고 나면 무엇인가가 또 나올 테니까.

5

내가 꼭 해야 할 일들이
너무 많다

　세상 밖으로 나와 한 일 중 하나가 전래놀이 강사다. 전래놀이란 우리나라 예전부터 전해 내려오는 놀이를 말한다. 그중 변하지 않은 놀이를 전통놀이라 칭하고 서민들이 즐기던 놀이를 민속놀이, 궁중에서 주로 하던 놀이는 궁중 놀이로 분류가 된다. 세부적으로 가르자면 아동 놀이, 실버 놀이 등으로 말할 수 있다.

　어느 날 인터넷 검색을 하는데 '바로 1급을 드립니다.'라는 문구가 있어서 무언가 자세히 보았더니 전래놀이 1급을 바로 준다는 것이다. 우리나라에는 국가에서 실시하는 국가 자격증도 있지만, 민간 자격증도 꽤 있다. 인터넷이 발달되면서 더 많이 생겨났다. 인원을 모으기에 인터넷이 적격이다. 시간이 있는 사람들은 본업 외에 여러 가지를 배운다. 전문적인 것도 많다. 소방 1급, 전기 1급, 안전 1급, 보건위생 1급, 보일러 기사 1급 등등 헤아릴 수 없다. 정해진 시간 학습하고 민간 자격증을 받는 것이다. 틈틈이 전문기술을 익히고, 자격증을 획득하고, 나름 좋은 것 같다. 부지런한 사람들의 성과물이다.

청소년 선도를 한 지도 20년이 훌쩍 넘어간다. 아이들과 만나면 선도 학습을 먼저하고 나머지 시간은 놀이한다. 놀이시간을 선도시간보다 많이 설정했다. 아이들이 얼마나 신나 하고 좋아하는지 그 모습을 보는 나도 덩달아 즐겁다. 청소년 선도 차원에서 하게 된 것이 전래놀이다. 항상 같은 놀이를 하는 것이 아니라 창작을 해서 새롭게 한다. 아이들과 잘 놀기 위해서 여러 방향으로 색다르게 연구했다. 그동안 내가 창작해낸 놀이도 100여 가지가 넘는다. 옛날 전래놀이보다 훨씬 신선하고 재미있다.

'바로 1급을 드립니다? 우리나라 전래놀이를 누가 자격증을 준다는 거야?'

의아했다. 나는 자격증은 없다. 내가 청소년 선도를 하면서 아이들과 전래놀이를 함께한지도 거의 20년이 넘었다. 누가 누구에게 자격증을 준다는 건지 이해가 안 갔다. 그 당시 아무도 전래놀이는 하지 않았다. 아마 나도 아이들 선도가 아니면 하지 않았을 것이다. 전래놀이는 혼자서는 놀지 못한다. 여럿이 함께 어울려야 놀이가 형성된다. 그러므로 아이들이 모두 함께 노는 전래놀이의 장점은 무한히 많다.

'전래놀이 자격증? 그런 게 있었나?'
'나는 20년이나 했는데 나보다 더 도사는 누구라는 거야?'

나는 전래놀이 자격증이 이해가 안 갔다. 가게에서 집으로, 집에서 가게로 평생을 그렇게 시계추처럼 살면서 유일하게 한 것이 있으니 청소년 선도 봉사이다. '아이들과 놀이도 해 볼까?' 생각한 나는 바로 실행했다. 전래놀이를 같이하니 선도하기도 쉬웠다. 금방 친해지기도 했다. 그렇게 선도를 하면서 놀이도 하다 보니, 20년 동안 전래놀이를 한 것이다.

행동을 비교적 빨리 하는 나는 거기에 있는 전화번호로 전화를 했다. 정말 토요일 일요일 이틀 교육을 받으면 1급 자격증을 준다는 것이다. 1급이라는 말에 매력이 끌렸다. 바로 교육비를 송금하고 접수를 마쳤다.

교육받으러 온 사람들은 그리 많지 않았다. 교육이 시작되었다. 20년 넘게 전래놀이를 해온 나도 그 속에 섞여서 덜렁덜렁, 종일 교육을 받았다. 지금 생각하면 웃음이 절로 나온다. 전래놀이하면 우리나라에서는 내가 제일 오래 한 것 같고 제일 많이 알 것도 같은데 1급이라는 말에 가게 문을 닫고 그 멀리까지 차를 몰고 가서 1박 하고 교육을 받다니!

아무튼 1박 2일 동안 교육을 받으니 전래놀이 1급 자격증이 나왔다. 찬찬히 훑어보던 나는 가만히 웃음이 나왔다. 자격증 맨 아래에는 어느 곳에서 교육을 받았는지가 쓰여 있다. 그리고 커다란 직인이 찍혀 있다. 잠깐 보아도 수준이 다르다.

'공연히 그 멀리까지 갔네, 내가 가진 것이 훨씬 낫네.' 자격증은 아니지만 내가 가지고 있는 수료증은 우리나라 법무부 장관 직인이 찍혀 있다. 청소년 선도를 하면서 1년에 두 번씩 법무부에서 보호관찰 수업 교수님을 보내주었다. 교육을 받고 나면 수료증이 수여되었다. 그 수료증에는 법무부 장관의 직인이 찍혀 있다. 당연히 학습관 직인과 법무부 장관의 직인은 비교조차 할 필요가 없는 것이었다. 두 장을 놓고 보면서 내가 받은 수업의 소중함을 더욱 느꼈다. 내 놀이는 재미있고, 신선하고 좋았다. 나는 아이들과 실지로 놀아보고 실습도 한 것이니 놀이가 매끄럽게 다듬어져 있었다. 나는 가만히 결심했다.

'그래 지금부터 내가 알고 있는 놀이를 전국의 많은 강사에게 알려주어야겠다. 나에게 수강받은 강사들이 전국의 어린이들과 신명나게 논다면, 더 바라는 것은 없다.'

아이들을 위한 일이라는 것이 내 결정을 흡족하게 했다. 그 기운으로 그때부터 피곤한 줄 모르고 전국이 좁다 하고 강의에 임했다. 가는 곳마다 대단한 놀이를 인정해 주었다. 인터넷에도 방방 오르고 내 놀이는 삽시간에 전국으로 퍼져나갔다. 나이 60에 세상 밖으로 나왔지만 너무나 바빴고 전래놀이에서 어느 틈엔가 제1인자의 위치에 있었다. 확실하게 자리를 잡았다. 청소년 선도로 놀이 20년을 발판으로 삼고 있는 나의 창작 전래놀이가 세상 빛을 보게 된 것이다.

'어린이들을 위해서 나오기를 잘했네.'

세상밖에는 내가 꼭 해야 할 일들이 너무 많았다. 나는 내 놀이를 모두 무상으로 전국의 강사들에게 몽땅 퍼주었다. 전국의 어린이들이 내 놀이로 전보다 더욱 즐겁게 노는 것, 그것이 나의 최고의 즐거움이다. 시간 날 때마다 세계놀이도 정리했다. 세계놀이도 모두 무상으로 우리나라 강사들에게 전수할 계획이다. 우선 블로그에 세계놀이를 기록했다. 누구나 방문해서 퍼가도 좋도록 설정도 해놓았다.

전래놀이는 아이들 성격을 올바르고, 활발하게 형성시킨다. 전래놀이 자체가 모두 심성이 고와지는 놀이이다. 머리가 좋아지는 대표적인 전래놀이는 고누놀이이고 배짱이 두둑해지는 전래놀이는 오징어 놀이이다.

내가 만든 창작 놀이에는 가정에서 식구끼리 할 수 있는 놀이도 많다. 저녁을 먹고 나서 부부가 설거지 내기하면 좋은 전래놀이도 있다. 3분이면 승부가 난다.

나는 전래놀이 1급 자격증 과정이라는 타이틀에 감사한다. 덕분에 요즘에는 전국에 있는 강사들이 연수를 받으러 나를 찾아온다. 강원도 시골에 있는 내 사무실이 일요일마다 화기애애하게 활기로 넘친다. 민간 자격증이지만 엄청 유익하다. 전래놀이뿐만이 아니라 웰다잉 자격과정도 받으러 몰려온다. 그리고 독서 놀이, 세계놀이, 폭력 예방 강의, 흡연 예방 강의도 열심히 전수해주고 있다. 많은 강사가 1급 자격증을 따러 모여드니, 내 삶도 즐겁다. 전래놀이 강사들은 그 자격증으로 우리나라 어린이들을 위해서 유익한 놀이 수업을 한다. 전래놀이 1급 자격증 과정에서, 많은 강사에게 내 창작 놀이를 전수하니 그 또한 나는 좋다.

주말이면 나를 찾아오는 강사들로 내 사무실은 붐빈다. 그들이 참 아름답게 보인다. 아이를 기르는 젊은 강사도 있고 아이를 다 기른, 나이가 지긋한 강사도 있다.

여자들이 사회활동을 한다는 것은 여러 가지로 유익하다. 우선 바빠서 시간을 아껴서 쓰니 쓸데없는 일에 휘말릴 틈이 없다. 둘째는 용돈이지만 돈을 버니 또한 좋다. 셋째는 불평등한 일들에서 나를 보호하는 지혜를 터득할 수가 있다. 즉 사회적 지식을 습득하게 되는 것이다. 이렇게 자신의 권리와 이익을 보호하면서 몰랐던 자신의 재능을 마음껏 발휘하고 하나하나 새로운 일을 성취해나가는 것은 아름다운 삶을 사는 일이다. 집안에서와 집 밖에서의 시야는 엄청나게 다르다.

100세 시대라고 모두가 누누이 말한다. 그렇다면 앞으로 40년을 더 살아야 한다는 이야기가 된다. 나이 들었다고 주저앉지 말고 사회에 동참하기를 권하고 싶다. 60에 나와 보니, 젊은 사람들과도 친구가 되고, 힘들지도 않다. 늘 즐겁고 할 일도 많다.

6

혹시 정용옥 선생님이신가요?

나는 아이들에게 관심이 많다. 정확히 말하면 아이들의 심성에 관심이
많다. 2015년도를 넘어가며 2016년부터 교육부의 정책이 바뀌었다. 교
육부의 정책으로 아이들에게 놀 방안을 마련해준 것이다. 그 뉴스를 한
해 전에 미리 접했던 나는 미리 준비 작업에 들어갔다. 전래놀이 강사를
양성한 것이다. 일일이 강사들을 모집하고 교육했다. 한 번에 20명씩 분
기별로 자격증 과정을 열었다. 강원도 전체에 지역마다 돌아가며 전래놀
이 강사 1급 자격증 과정을 열었다. 20명이 정원이었는데 꽉꽉 차고 더
넘을 때도 많았다. 그리고 더 열심히 전국의 강사 양성에도 전력을 다했

다. 내게서 수료증을 이수한 전래놀이 1급 강사님들은 거의 1,000명이 넘는다.

"따르릉, 따르릉."

"여보세요." 받고 보니 학교였다.

"혹시 전래놀이 정용옥 선생님이신가요?"

"네, 제가 정용옥입니다."

"학교에서 전래놀이에 관한 것을 의논하고 싶은데 오실 수 있으신가요?"

깜짝 반가웠다. 학교에서 나를 찾다니…. 막 약속을 마치고 났는데 다시 전화가 울린다. 이건 또 무슨 일인가, 다른 학교에서도 전래놀이를 아이들에게 하고 싶다는 제안이었다. 나는 좋아서 얼른 대답했다. 그러고도 또 다른 학교 또 다른 학교 연달아 수업 제안이 들어왔다.

2015년, 아이들이 너무 놀지 못하는 것을 우려한 교육부가 초등학교와 중학교에 외부 강사를 투입해서 전래놀이를 하도록 허용이 된 모양이었다. 그러한 교육부 정책이 각 학교에 전달된 듯하다.

"여보세요, ○○대학교 ○○캠퍼스입니다."

대학의 유아교육과에서도 섭외가 들어왔다. '세상에 어찌 이런 일이?' 나는 이제 명실상부한 전래놀이 톱스타이다. 놀이를 지도할 수 있는 강사가 별로 없던 초기였기 때문이다. 참 기분이 좋았다. 직접 유치원에 가서 아이들을 지도할 유아교육과 학생들을 지도하는 것은 의미가 컸다. 유아교육과 학생들은 전래놀이가 무엇보다 필요하다. 유아들을 지도하는 일이니 반드시 좋은 학습이 필요하다.

'내가 선견지명이 있었나? 웬일인 거야? 교육부 정책으로 전래놀이 시간이 배정될 줄이야. 마음을 예쁘게 쓰면 하늘에서 복을 준다더니.'

작년만 해도 나는 각 학교의 선생님을 만나기 위해 발품을 팔았다. 체육 시간 1시간만 빌려주면, 무료로 전래놀이를 해주겠다고 말하기도 했다. 중학생들의 심성을 전래놀이로 더 아름답게 만들어 주고 싶었다. 그런데 문교부에서 나를 후원할 줄이야…. 전국에서 내가 사는 곳의 학교들이 제일 먼저 전래놀이 수업을 시작한 것 같다. 내가 사는 곳은 큰 도시도 아니고 강원도의 인구 9만 정도의 작은 도시인데 우리나라에서 으뜸으로 전래놀이를 시작한 것이다.

많은 학교가 선정되고 교육청에서도 전화가 왔다. 내가 할 일은 산더미처럼 많아졌는데 그래도 전래놀이를 아이들에게 해준다는 것이 마냥 나를 즐겁게 했다. 전년도에 각 학교, 기관에 계획서를 제출한 것에 연락처가 있으니 나에게 연결이 쉽게 되는 것이었다.

'준비된 자는 기회를 잡는다!'

여기서도 진리는 통하고 속담과 격언은 틀리는 법이 없다. 나는 이미 협회를 결성하고 회원들이 모두 1급 전래놀이 강사니 어디에나 수업할 수 있다. 일을 속결로 처리하는 것도 내 특기 중 하나다. 거리가 먼 주문진, 화천에서도 전화가 왔다. 그때만 하더라도 전래놀이 강사가 전혀 없었다. 여기저기서 놀이 면담이 들어오고 나는 회원들이 많으니 걱정 없이 일이 처리되었다. 전래놀이는 체육 시간을 얻어서 하지 않았다. 그리고 내가 통솔하는 강사들은 무료로 수업하지 않았다. 모두 강사료를 받으며 했다. 한 분야에 열정을 다해 일하다 보니, 일자리 창출에도 이바지한 것이다.

전래놀이는 아이들의 사회성 발달에 도움을 준다. 현대놀이는 주로 혼자 논다. 블록을 만들고 로봇을 조립하고 종일 방에 앉아서 혼자 논다. 그러다가 컴퓨터 게임을 하거나 핸드폰 게임을 한다. 무표정하게 화면만 바라보고, 입은 꾹 다물고 놀이에 집중한다. 핸드폰 놀이와 컴퓨터 게임에 중독이 되어 있기도 한다. 그러나 무엇보다 문제가 되는 것은 사회성 발달이 안 되는 것이다. 성격도 외골수적으로 된다.

　그러나 전래놀이는 혼자 노는 것이 아니다. 여럿이 뭉쳐서 밖에서 논다. 두 팀으로 가르면 내 팀을 위해서는 협동과 배려가 있다. 인성이 좋아지고 서열도 잘 지킨다. 소리 지르고 뛰고 운동도 겸해서 이루어진다. 지혜로운 놀이, 배짱이 세어지는 놀이, 마음이 아름다워지는 놀이가 전래놀이에 가득하다. 친구들과 마음껏 뛰어노는 아이들은 성격도 좋아진다. 또 좋은 것은 가족 간의 놀이도 많다는 것이다. 명절에 식구들이 모이면 함께 놀이할 건전한 전래놀이가 많고 학교운동회나 소풍 때 하기 좋은 전래놀이가 풍부하다.

　전래놀이를 통해서 아이들의 심신을 건강하게 해주는 것은 한없이 뿌듯하다.

7

세상 밖으로 나오기를 참 잘했네

"똑똑!"

'교장실'이란 팻말이 존경스럽게 붙은 문을 두드렸다.

"네! 들어오세요." 귀에 익은 목소리다.

"안녕하세요? 교장 선생님!"

"전래놀이 강사 정용옥입니다."

내가 전래놀이 강사로 출강하는 학교의 교장실 문을 열고 생글생글 웃
으며 들어섰다. 나이가 60을 넘은 지도 한참이 지났건만 나는 늘 소녀 같

은 감성이 있다. 교장 선생님이 벌떡 일어나서 접견 의자 쪽으로 오셨다.

"아이고 오랜만입니다."
"네 이제 한 학기 수업도 다 했고 감사 인사드리려고 왔습니다."

나는 환하게 미소 지으며 긴 접견 의자 중간쯤에 앉았다. 지난번에도 느꼈지만, 교장실은 약간 근엄하다. 또 한편으론 아담하니 정겹다. 질서 정렬하게 세워놓은 국기 봉들은 키도 크다. 교장실의 위엄이 한껏 돋보인다. 옆으로 두 짝짜리 큰 책꽂이 속에는 두꺼운 전문서적들이 사이좋게 옹기종기 앉아 있다. 책을 워낙 좋아하는 나는 잽싸게 책장 안을 쓱 훑어봤다. 짧은 찰나에 책들의 신상을 파악했다. 짙은 밤색 긴 회의 탁자는 20명은 족히 앉아도 될 만큼 넉넉하다. 운동장이 훤히 보이고 햇볕도 살짝 커튼 뒤에 숨어 있었다.

"고생 많으셨지요?"

교장 선생님은 손수 커피를 타서 건네주시며 인자하게 웃으신다. 참 후덕하심이 몸 전체에 드러난다. 멋진 교장 선생님이다. 후덕한 교장 선생님을 둔 이 학교가 반짝반짝 빛나는 듯했다. 나는 사뿐히 일어나 커피잔을 얼른 받아 들었다. 커피를 한 모금 마셨다. 행복한 기운이 커피 향과 같이 그득하니 섞여 있다.

"늘 수업 이야기는 듣고 있었지요."

"아! 그러셨어요."

"새끼줄 공 축구놀이는 아주 잘하던데요?"

"네~ 골대가 너무 멀어 양쪽에 금을 긋고 골대로 썼습니다."

"세 칸을 다 통과하는 놀이는 이름이 무엇인가요? 각 팀이 협동이 잘 되던데요."

"네. 이랑 타기 놀이입니다. 배짱이 세어지는 옛날 놀이지요."

교장실에서 운동장이 보이니 전래놀이시간엔 일부러 내다보셨다고 하신다. 처음에는 난관이 많았다. 내가 나이가 많아서 선생님으로 여기지 않으면 어떻게 하나 하는 염려가 되기도 했다. 아이들은 아이들대로 공부만 한 상태이고 놀아보지 않은 터라 노는 것 자체를 어색해했다. 또, 혼자만 노는 습관이 있는지라 같이 움직이는 것에 서툴렀다. 협동해야 하는 것이 전래놀이고 배려해야 하는 것이 전래놀이이다.

처음 수업할 때의 일이다. 협동이 전연 안 되고 배려심도 없다. 아이들은 내 팀이 이기거나 말거나 관심 밖이다. 놀이에는 음악도 들어간다. 나는 너무 놀랐다. 중학교 아이들이 노래를 별로 좋아하지 않는다. 아니 좋아하지 않는 것이 아니라 아예 노래에 관심이 없다는 편이 맞을듯하다.

아이들이 초등부터 몇 년을 공부만 했던 터라 음악에 맞추어 놀고 전래놀이를 하는 것은 전연 어색해했다. 전래놀이란 모두가 같이 놀고 팀을 나누면 내 팀의 승리를 위해서 헌신하고, 열심히 하는 것이 놀이의 목적이다. 그렇게 함으로써 협동, 배려가 형성되는 것이기도 하다. 그런데 지금 이 아이들은 무엇을 하든지 관심 없다. 노는 것도, 말하는 것도, 다 싫어한다. 세상 모두 다 귀찮은 표정이다. 이런 아이들에게 전래놀이 수업을 한다는 것은 어려울 수밖에 없다. 정규수업이고 다 함께해야 놀이가 이루어지니 억지로라도 팀 안에 넣어야 한다. 아이들의 마음을 열어주고 관심을 끌게 해주고 명랑하게 만들어 주는 것도 강사의 몫이다. 그러자면 끌어들여 함께 놀도록 유도해야만 했다.

두 번째 날 새끼줄로 전래축구공을 만들어 가지고 갔다. 두 팀으로 나누고 운동장에 양쪽으로 금을 그어 골대로 사용했다. 아이들 반응이 즉각 좋아졌다. 새끼줄 축구공이 신기한 듯 관심이 대단했고 솔선수범 놀이에 참여한다. 다음 날은 이랑 타기 놀이를 했다. 엄청 열심히 땀을 뻘뻘 흘리며 논다. 그렇게 버릇을 잡아가며 다독였다. 교실놀이로는 고누놀이를 했다. 차츰 아이들이 전래놀이에 재미를 붙여갔다. 안 하는 아이가 없다. 전원 놀이에 참여한다. 이만하면 대성공이다. 놀이의 힘은 대단하다.

교장 선생님은 이런 나의 노력을 알아채셨을까? 내년에 다시 전래놀이 학습시간을 개설하겠다고 하시며 잘 지도해 달라고 부탁도 하신다. 나는 가지고 온 오징어 놀이 모형도를 선물로 드리고 교장실을 나왔다. 학교에 온 김에 주임 선생님도 뵙고 가려고 교무실에 들어가니 교장실과는 전연 분위기가 달랐다.

방금 수업을 마친 터라 와글와글, 바글바글, 아이들과 선생님이 같이 섞여 있었다. 교무 주임 면담을 요청했다. 잠깐 기다리라고 해서 의자에 앉았는데 운동장이 보였다. 하교하는 시간이라 운동장에는 축구 경기를 하는 아이들 농구 경기를 하는 아이들로 그득했다. 내 눈이 번쩍하고 빛났다. 운동장 가장자리에는 길게 여러 가지 전래놀이 판이 페인트로 그려져 있었다. 내가 고안한 양궁놀이, S자 놀이, 사방치기, 네 둠병 놀이, 만면에 웃음이 저절로 퍼졌다. 정신없이 아이들을 보고 있는데 등 뒤에서 굵직한 목소리가 들린다.

"아이들이 하교 때에 꼭 저렇게 놀이를 하고 집에 간답니다."

"너무 보기 좋아요."

"네, 다 선생님 덕분입니다."

"그런데 저 도안은?

내가 의아해하며 물었더니 내가 제출한 계획서를 보고했다고 하셨다. 운동장의 전래놀이 구성도는 색깔도 예쁘고 전문가처럼 칸의 배열도 딱 맞았다. 개뼈다귀 놀이, 요강 치기 놀이도 있었다. 돈가스 놀이판은 정말

돈가스와 비슷하게 잘도 그려져 있었다.

"놀이하는 아이들이 점점 많습니다. 서로 차지하려고 싸우기도 해서 하나를 더 만들 예정입니다."

"네 오징어 놀이를 요즘 아이들이 좋아하고 많이 하는데 이 모형도를 보고 그려도 됩니다."

교무 주임 선생님께도 오징어 게임 모형도를 하나 드렸더니 너무 좋아하신다. 교무실을 나와 운동장으로 가니 아이들은 모두 집으로 돌아가고 아무도 없었다. 나는 혼자서 'S자 놀이모형'을 빠른 걸음으로 약간은 뛰면서 돌아보았다. 초등학교 시절 친구들이 생각나기도 했다.

나는 겁이 없어서 잡히거나 말거나 앞장서서 놀았던 기억이 난다. 아이들은 참 예쁘다. 이 아이들이 전래놀이 장점을 모두 가슴에 안았으면 좋겠다. 지혜로워지고, 심성이 부드러워지고, 배짱도 두둑해지기를 바라본다. 아이들의 상쾌하고 맑은 기운을 한아름 가슴에 담고 교문을 나왔다. 당당히 전래놀이 분야에서 우리나라의 제1인자 느낌이 와닿았다.

'이런 보람이 있나? 그래, 60에 주저하지 않고 세상 밖으로 나오기를 참 잘했네.'

목단 ——

60에 주저하지 않고 세상 밖으로 나오기를 참 잘했네.

8

눈 막고 귀 막고
살았더니 일어난 일

세상에서 일을 제일 많이 한 사람 100명을 데려오라 하면 나 하나 데려
가는 것이 맞다. 나는 60세에 세상에 나오기 전까지 유니폼사업에만 매
달리며 일했다. 아침에 출근하고 종일 일해도 납품 날짜는 항상 못 맞췄
다. 요즘 생각해도 왜 그리 단체복이 많았는지 밥 먹듯 하는 게 야근이
다. 직원이 7명이나 있는데 항상 일이 밀렸다. 예전 라디오에 〈북한방랑
기〉라는 프로그램이 있었는데 그것이 나오면 일하는 꼬마가 바닥을 쓸고
마친다.

"연이 엄마, 이번에 구제품, 엄청 좋은 거 왔던데 같이 가보자?"

"난 뭐 매일 일만 하는데, 옷도 필요 없어."

"아니야, 진짜 기가 막혀."

지금처럼 무슨 메이커다 뭐다 하는 것은 아무것도 없던 시절이었다. 단지 양장점에서 옷을 맞추어 입던 시절이다. 구제품은 양장점 옷보다 훨씬 세련되고 멋스러웠다. 좀 있는 사람들은 곧잘 입고 뽐내며 자랑하던 시대이다.

그로부터 며칠 뒤였다.

"나 어때?"

"거기 갔나 보네~!"

"응 간 김에 3벌 샀어."

친구는 자랑스럽게 빙그르르 돌아 보이며 말했다.

"그래? 그럼 내일은 딴 거 입고 와봐".

'난 옷은 별로 좋아하지 않으니 샀다고 생각하고 모아봐야지?' 보통 통장을 만들고 은행에서 나오며 혼잣말로 중얼거렸다. 그 후로도 살 것을 안 살 때는 그 금액만큼 통장에 넣었다.

티끌 모아 태산이라더니 곧잘 돈이 모였다. 워낙 나는 돈을 잘 안 쓰니 자주 저금하게 되었다. 그냥 저금하는 것이 아니라 나를 위해 쓸 돈을 안 썼을 때, 그 돈만 따로 통장에 넣었다. 시장을 보고 내 지혜로 돈을 덜 썼을 때도 그 금액만큼 따로 저금해 두었다.

"연이 엄마 이번에 계를 모으는데 같이 하자."
"그래? 어떤 건데?"
"그냥 만나서 밥 먹고 남는 돈은 모아서 여행 가지 뭐."

나중에 여행 간다는 말에 귀가 솔깃했다. 나는 여행을 참 좋아한다. 기차 타고, 버스 타고 다니는 걸 좋아한다. 그런데 처녀 때 말고는 시집와서 한 번도 여행 간 적이 없다.

남편 출근하고 아이들 학교 가고 나면 잽싸게 집을 정돈하고 바깥으로 나오는 여자들이 많다. 어떤 이는 집을 치우기를 뒤로하고 먼저 나가 놀기를 좋아하기도 한다. 의학 통계에 의하면 남자는 하루에 7천 단어를 말하고, 여자는 2만 단어를 말한다고 한다. 그래서 여자들이 삼삼오오 만나서 종알종알 말을 많이 하는가 보다.

남자들은 직장에서 이미 7천 단어를 거의 말한다고 한다. 퇴근했을 때는 더 말을 안 해도 되는 상태인데 집에 있던 아내는 아직 2만 단어를 말하려면 멀었다. 말하기 싫어하는 남편과 말을 더해야 하는 아내의 불균

형이 가끔은 부부싸움을 불러온다. 나는 하루에 3천 단어 말하면 많이 하는 것 같다. 태어날 때 3천 단어만 나에게 설정되었는지 퇴근하고 밤이 되어도 입 꾹 다물고 책을 본다.

"따르릉, 따르릉! 오늘 곗날이야. 1시에 일원에서 할 거야." 저번에 약속한 곗날이 돌아왔다. 빨리 오라는 총무의 전화다.

바로 옆 건물인데 역시 갈 형편이 못 되었다. 모임을 못 한다고 전화를 했다. 그리고는 은행으로 가서 2년짜리 적금을 들었다. 한 달 부금은 곗돈 금액으로 정했다. 친구들과 너스레는 못 떨어도 보상으로 통장의 비상금이 성큼성큼 불어날 것이다.

자식 한 명 키우는 데에는 적지 않은 돈이 들어간다. 세상의 모든 부모가 자식을 위해서 아낌없이 돈을 썼지만, 막상 늙어서 자식에게 용돈을 타 쓰는 것은 왠지 미안하고 불편하다. 또 자식은 부모가 해준 일들은, 이미 예전에 모두 잊고 산다. 의당히 부모가 해주어야 할 것으로 생각하기 때문이다.

'노인이 되어도 돈 쓴 곳은 많다. 나이 들어 쓸 돈은 꼭 가지고 있어야 한다.'라고 모두 입을 모아 말한다. 우리나라 많은 부모가 알고는 있지만, 자식 공부시키고, 결혼시키고, 하자면 노후대책은 생각할 틈이 없는 경우가 많다.

　나는 지금도 나를 위해서 써야 하는 돈을 안 썼거나 절약했거나, 하는 돈은 분류한다. 그리고 두 통장에 품목별로 넣는다. 이것은 순수한 나만의 비자금이다. 평생을 살아보니 대단한 지혜이고 통찰력이다. 더불어 자식에게 용돈 달라고 할 일은 평생 없을 것 같다.

9

새벽에 화선지를
마구 버리는 여자

나이 들어서 하는 취미활동은 종류도 많고 여러 가지 장점이 많다. 백화점 둘러보는 것을 취미로 갖는 사람도 있고, 노래나 학춤을 배우는 사람들도 있다. 등산도 야산이나 평지 걷기는 다리에 무리가 안 가서 의사가 권장한다. 골프도 크게 몸에 무리가 안 가서 60대 이후의 취미로 좋다고들 한다. 우리는 잘살기 위해서 나를 사랑해야 한다. 나이 들면 무언가 취미를 꼭 갖는 것을 강조하고 싶다. 집에 홀로 있지 않아도 되기 때문이다. 좋은 친구와 취미는 나머지 인생을 값지게 한다. 나는 그림 그리기를 선택했다.

"통 화선지 500매, 잘라놓은 화선지 500매 보내주세요."

"네 내일 도착할 겁니다."

인터넷 검색으로 무엇이든지 찾아낼 수 있다. 가까운 곳에 화선지 파는 곳이 있기는 한데 인터넷으로 사는 것보다 훨씬 비싸다. 검색에서 나온 전화번호로 전화하고 입금하면 당장 다음 날 도착이다. 참 편한 세상이다.

검색에서 주문도 하고 입금도 할 수 있는데 나는 꼭 전화하고 일반송금으로 물건을 산다. 물건이 올 때 빼놓지 않고 무엇인가가 덤으로 온다. 금액으로 치면 얼마 되지 않지만, 물건을 풀 때 기분이 최상이다. 오늘은 어떤 게 덤으로 왔을까? 궁금해하면서 물건을 푼다. 정작 화선지보다 덤에 관심이 많다. 즐거움은 아주 작은 것에서도 충분하다.

화선지를 넉넉하니 쌓아놓고 사는 것을 나는 좋아한다. 하도 많아서 언뜻 보면 판매처 같다. 보통 말로 하늘처럼 쌓여 있다. 그림을 그리는 사람이 종이를 아껴서야 안 되기 때문이다. 하지만 많아야 하는 더 큰 이유는 많은 시간 연습하기 때문이다.

난을 그리는 데는 동양화나 서양화처럼 시간이 많이 들지 않는다. 쓱쓱 삽시간에 그린다. 원래 그렇게 한다. 단지 먹물 조정을 잘해야 한다.

꾸물거리고 붓이 오래 머물면 제대로 난이 되지 않기 때문이다. 매끄럽지가 않고 얼룩도 진다. 바위는 좀 덜하긴 하지만, 바위도 붓을 화선지에 대고 오래 머물면 안 된다.

어떤 날은 새벽 시간에 대형화선지를 50여 장이나 연습할 때도 있다. 연습한 종이는 버려야 하는데 좀 많이 버리는 편이다. 그런데 50장이라도 화선지만 컸지 실제로 난 하나 바위 하나다. 기술은 없어도 순식간에 완성된다.

보통 새벽에 30장은 기본이다. 오늘은 선생님을 만나는 날이니 심혈을 기울여 난을 그리고 바위를 그렸다. 반드시 한 장을 그려서 가져가야 한다. 연습한 그림 중 이리 보고 저리 보다가 잘돼 보이는 하나를 골랐다. 선생님께 보여드릴 그림이다.

그림 도구 통을 둘러메고 매주 문화원에 가는 것이 나에게 제일 큰 즐거움이다. 문인화를 시작하고 처음에는 난을 그리는데 그 단계를 지나서 이제는 내가 소원하던 대나무를 그릴 차례다.

"저어 선생님 오늘은 대나무 들어가지요?"
"아니요, 이번 주는 바위, 난을 좀 더 하셔요."
"그냥 대나무 하면 안 될까요?"

오늘은 꼭 대나무를 그릴 줄 알았는데…. 숙제를 보신 선생님은 난을 더 그려야 한다고 하신다. 먹 조정이 덜 돼서 대나무 수업을 못 하게 되었다. 나는 애들처럼 뾰로통 삐져서 벽 쪽 큰 책상으로 갔다. 내 화선지는 통 화선지라 큰 책상을 나 혼자서 써야 한다. 오늘 대나무 수업을 못 했으니 내일 새벽에는 다시 바위 난을 그려야 한다.

자명종 소리가 요란하다. 나는 침대에서 벌떡 일어나 눈을 비비며 내 화실로 간다. 화실은 운동장처럼 넓다. 방 두 칸을 터서 길고 큰 책상을 두 개 놓고 하나는 동양화, 하나는 문인화 차지이다. 항상 버릇처럼 대형 화선지를 큰 책상에 쫙~ 펼쳐놓고 조용히 먹을 간다. 벼루 안에 생수를 붓고 먹을 조심스럽게 시계방향으로 원을 그리며 돌린다. 처음에는 사각사각 소리가 나는데 갈면 갈수록 소리가 줄어든다. 새벽에 잠이 깨면 빨리 먹을 갈고 싶어서 나도 모르게 벌떡 일어난다. 그림을 그리면 마음의 스트레스는 멀리 도망간다. 머릿속의 신경은 온 힘을 다 손끝에 집중시킨다. 걱정 근심이 머물 틈이 없다.

향긋한 묵향은 나의 머리를 맑게 한다. 나는 늘 명상하며 먹을 간다. 머리를 비우고 모든 잡념과 스트레스를 날려 보낸다. 시계방향으로 질서 있게 돌아가는 먹을 바라보는 것도 좋다. 먹을 돌리다 보면, 가끔 무아지경 상태가 되어 시간이 금방 흘러버린다. 내일 아침이면 나는 화선지를 들고 세상 밖으로 나간다. 수업하러 가는 날은 소풍 가는 아이처럼 가슴이 설렌다.

매일 새벽 먹을 가는 시간이 내게는 명상의 시간이다. 그림을 그리기 전에 넓고 큰 흰색 화선지를 보는 걸 좋아한다. 하얗고 큰 대형화선지를 바라보는 것은 편안한 즐거움이다. 마음이 우주처럼 넓어지는 듯하다. 하얀 화선지를 한참 바라보면 큰 바위가 성큼 자리 잡고 아름다운 난이 사뿐히 내려앉는다. 모두 잠들어 있는 시간에 나 혼자 살아 있는 듯하다.

"아~! 숙제해야지?"

이제는 화선지를 마구 버릴 시간이다. 화선지에 붓을 대고 첫 번 난 잎을 쓱 그리면 하얀 눈밭에 난이 살아 움직이는 듯하다. 이때 나는 세상에서 제일 행복한 여자다. 작품 하나가 완성되고, 서너 걸음 뒤로 물러서서 내가 직접 그린 작품을 감상하는 일은, 옛날 화려한 중국의 황제도 전연 안 부럽다. 그 순간의 커피 맛은 어디에도 견주지 못한다. 항상 새로운 열기와 활력이 넘친다. 그야말로 자존감이 부쩍부쩍 늘어나는 소리가 들리는 듯하다.

세상에 나와서 가장 흡족한 일이다.

연인 ――

하얀 화선지를 한참 바라보면 큰 바위가 성큼 자리 잡고 아름다운 난이 사뿐히 내려앉는다. 모두 잠 들어 있는 시간에 나 혼자 살아 있는 듯하다.

제3장

창공으로
날아가는 데
나이는 숫자에
불과하다

1

카페에서
노트북 치는 할머니

노트북에는 온 세상이 다 들어 있다. 작고 예뻐서 들고 다니기도 좋다. 나는 자주 노트북을 들고 카페에 간다. 테이블마다 젊은 사람들로 가득하다. 쾌적한 환경은 심신을 안정시키고 즐거움을 준다. 사람의 눈은 거의 비슷하다. 좋은 것은 같이 느낀다. 지적인 분위기가 감돌고 조명도 안정적이다. 사람들이 많아도 조용하다. 누구 눈치 볼 일도 없다. 혼자건 여럿이건 자기 볼일만 보면 된다. 자유로움이 한껏 퍼진다.

카페인이 나쁘다는 연구 결과 같은 것은, 멋지게 접어두고 긍정적인 것만 접수한다. 커피를 마시면 좋은 것도 많다. 우선 이뇨작용이 있어 화장실 가기가 수월하다. 혈액순환도 향상된다. 노폐물을 체외로 이동시키는 데 일조를 한다. 고로 동맥경화를 예방한다. 내 맘에 썩 드는 100% 감탄할 만한 장점이다.

나는 할머니이긴 하지만, 카페에서 노트북 하는 것을 좋아한다. 동해의 스타벅스는 직접 1층에서 커피를 나르고 와야 한다. 커피를 들고 2층으로 올라올 때 코끝에 스치는 커피 향은 나를 최고로 행복하게 한다. 나의 패션도 젊은 사람들이 즐겨 입는 패션이다. 앞에서 보면 노인이지만, 뒤에서 보면 젊은 사람으로 보이는 신 패션, 후드티를 즐겨 입는다.

옆 테이블에 4명의 대학생 같은 차림의 젊은이들이 커피를 앞에 놓고 앉아 있었다. 각자 커피는 마시는 데 한마디 말은 안 한다. 모두 핸드폰만 들여다보고 있다. 한참 후 그들은 동시에 일어서서 밖으로 나갔다. '인제 그만 가자'는 말도 없었는데 4명이 동시에 일어서서 나갔다. 주고받는 말을 톡톡! 카톡으로만 한 것이다.

'아~! 젊은 사람들은 저렇게도 하는구나!'
'그래, 시끄럽지 않아서 오히려 더 좋네.'

스타벅스에는 테이블에 전선 코드가 있다. 혼자서 혹은 둘이서 노트북 펼치고 공부하는 대학생도 많다. 내가 좋아하는 자리는 2층에 있다. 창가에는 번화한 거리가 보이고 지나가는 사람들도 많이 보인다. 노트북을 치다가 커피를 마실 때, 신호에 막혀서 길게 늘어서 있는 가지각색의 자동차들을 보는 것도 색다른 재미다. 커피를 마시며 길을 내려다보면 생각도 정리가 잘된다. 카페에 앉아 인터넷을 한다는 것은 예전에는 상상도 못 할 풍경이다. 거리를 내려다보며 일한다는 것은 대단히 흥미롭다. 카페란 묘하게 기분을 상쾌하게 하는 곳이다.

'40은 불혹이요.'(세상일에 정신을 빼앗겨 판단을 흐리는 일이 없는 나이)

'50은 지천명이라.'(하늘의 뜻을 알고 깨닫는 나이)

'60은 이순이요.'(귀가 순해져 모든 말을 객관적으로 듣고 이해할 수 있는 나이)

'70은 법이니라.'(행하는 행실이 법과 같은 나이)

여기에서 마지막 '70은 법이니라'를 '70은 내 세상이다'로 바꾸면 나에게 아주 잘 어울린다.

60에 세상 밖으로 나왔지만, 계획한 것은 모두 다 이루었으니 이제는 완전 내 세상이다. 80에 내 세상을 만나지 않고 70에 내 세상을 만난 것에 감사하다. 걸어 다닐 수도 있고 조금은 뛰어다닐 수도 있다. 아직은 혈기 왕성한 70대에 만난 내 세상, 이룬 것을 써먹을 수 있으니 나는 행운아다. 70대에 왕성한 기운으로 이루어 놓은 것을 누리는 것은 세상에서 비길 데 없는 최고의 행복이다….

실내의 커피 향이 좋기도 하고 노트북 가져가기 부담 없어서 툭하면 카페에 자리 잡는다. 아무리 오래 앉아 있어도 나가라는 말은 안 하니 이 또한 좋다. 모든 자료는 노트북에 다 들어 있고 더 있어야 할 자료는 USB에 있다. 굴속 같은 내 서재에서 하기보다 카페가 훨씬 낫다. 타자 속도가 좋으니 많은 일을 쉽게 처리할 수 있다.

'잘 물든 단풍은 꽃보다 아름답다'고 했던가? 스타벅스에서 작업하면 일도 술술 잘된다. 카페에서 노트북 치는 나에게 '너는 참 멋져.'라고 말해 준다.

내가 자주 가는 스타벅스는 시청 쪽에 있다. 시청 옆에는 소나무가 빽빽한 산책로가 있다. 나는 카페에 갈 때면 먼저 이 길을 산책한다.

"너 몇 살이야?" 걷다가 소나무에 물어본다. "쉰 살." 소나무는 어제나 오늘이나 한결같이 쉰 살이라고 말한다. 아마도 내년에도 쉰 살이라고 말하지 않을까. 흙길이어서 더욱 마음에 든다. 시작지점부터 끝 지점까지 왕복 3,000보 정도 나온다. 하루에 만 보를 걸으면 좋다고들 하는데 한 번도 만 보를 채워본 적이 없다. 세 번만 왔다 갔다 하면 만 보가 되련만, 한 번만 돌고는 카페로 직행이다. 소나무 향이 온몸에 배서 향긋하고 머리도 맑다. 이 솔향 때문에 카페에 오기 전에 항상 먼저 산책한다.

오늘은 카페에서 태양광에 관한 서류를 검토할 참이다. 필요한 서류는 완벽하게 갖추어야 한다. 만약 하나라도 빼고 보내면 순번이 맨 끝으로 간다.

옥상에 태양광을 설치하기로 하고 시청도 방문하고 업자도 만나고 며칠을 바쁘게 움직인 덕택에 이제 몇 가지 서류만 더 챙기면 된다. 그 서류도 멋진 카페에 앉아서 향기로운 커피를 앞에 놓고 노트북으로 할 참이다. 내가 생각해도 스타벅스와 나와 노트북은 삼위일체다.

가정용 태양광 3kw 설치를 예약하면 시청과 정부에서 보조금을 받을 수 있고 200만 원만 준비하면 된다. 나는 보통 전기요금을 15만 원 정도 낸다. 한여름에는 에어컨 사용으로 30만 원을 낸다. 3kw 설치로는 어림도 없다. 정부 보조를 포기하고 자비로 15kw를 설치하는 것으로 했다. 설치비 2,000만 원은 들어가지만, 햇빛은 영원히 무상이다. 남는 전기는 한전에서 다달이 사 간다.

'설치가 끝나면 나도 애국자다!'

커피를 앞에 놓고, 필요한 서류는 내 노트북으로 다 뗄 수 있다. 사인도 끌어다 붙이고, 도장도 옮겨다 붙일 수 있다. 노트북 안에서 팩스도 보낸다. 아주 편한 세상이다. 젊은 사람도 헤매면서 할 일이다. 그러나 나는 잔잔한 음악이 흐르는 카페에 앉아서 너끈히 해치운다.

인터넷은 세상 모든 일을 가능하게 한다. 해가 가면 갈수록, 살면 살수록, 세상이 바뀐다. 나이는 숫자에 불과하다. 할머니여도 늘 새로운 것은 항상 배워야 한다. 카페에서 커피를 마시며 시원스럽게 서류를 처리하는 사람, 나는 60 넘은 할머니다.

2

내가 1등 위에 특등이라니!

60을 넘어서 겨우 세상 밖으로 나왔는데 무엇을 하려고만 하면 남편은 나이를 들먹인다.

마틴 루서 킹 목사는 '사람은 누구나 꿈이 있다.'라고 말했지만 나는 더 사실적으로 '60에도 꿈은 있다.'라고 말하고 싶다. 꿈을 이루는 것은 나이와 아무런 상관이 없다. 열정과 노력만 있으면 된다.

"그러니까 그만해도 되잖아."

"뭘 하는 게 아니라니까 그러네, 전국대회니까 가보려고!"

"글쎄 왜 그런 걸 하냐고, 나이도 많은데."

"나이 제한이 없다고, 후딱 갔다 올게."

　서울에서 '전국동화구연대회'가 열렸다. 쟁쟁한 젊은 예쁜 엄마들이 수 없이 많다. 사범과정을 거친 선생님도 많다. 나는 그야말로 시골 할머니다. 남편은 가봤자 떨어질 것이 빤하니 자중하란다. 더구나 서울까지 차 몰고 간다고 하니 내내 성화를 부린다.

　보통 서울 다녀올 일이 있을 때는 버스를 이용한다. 멀기도 하거니와 서울 지리도 복잡하고 주차도 힘들다. 버스 이용하면 책 보면서 갈 수 있다는 장점도 있다. 이번은 짐도 있고 시간도 어정쩡해서 차를 몰고 나선 것이다. 창을 열고 운전하면 참 즐겁다. 상쾌한 바람도 바람이지만 창밖으로 보이는 풍경은 아주 신선하다. 어제 온 비로 더욱 선명하고 깨끗해 보인다. 오밀조밀 예쁜 집들과 우뚝우뚝 높은 아파트들, 초록색이 짙은 가로수들, 멀리 보이는 봉긋봉긋 야산들, 그것뿐이랴 고속도로로 진입하면 시속 100km로 후련하게 달릴 수 있다.

　무난히 주차까지 마치고 대회장에 들어서니 남편 말대로 내가 제일 노인이다. 아마도 선생님들의 대회인 듯 보인다. 모두 젊은 사람들이다. 젊은 사람들은 새로 나온 멋진 옷들로 한껏 젊음을 뽐내고 왔다. 나는 구연할 때 입으려고 한복을 가져갔다. 요즘 유행하는 옷을 입은 젊은 사람들을 보면서 어쩔까 망설이다가 가져온 거니 용기 내서 갈아입었다. 내 한복은 갓 결혼한 새색시가 입으면 좋을 듯한 파티 한복이다. 하얀색에 고급스러운 자수가 새겨져 있어서 무척 화려하다.

구연은 5분짜리를 외워서 하는 것이다. 대회에 참석한 젊은 선생님들은 성대모사가 대단했다. 아이 목소리, 어른 목소리, 동물 소리 똑같게 구연했다. 나는 성대모사는 잘하지 못한다. 동물 소리도, 아이 목소리도 똑같이는 못 한다. 그러나 수업할 때 선생님은 참 '특이하게 구연을 한다'고 한 적이 있다. 이상하게 귀에 쏙쏙 잘 들린다고 했다. '원님의 아들'을 외워서 준비했다. 대회이니 5분 전에 끝내도 감점이고 5분을 넘어도 감점이다. 시간을 정확하게 맞추는 것이 중요했다. 나는 연습할 때 특히 시간에 신경을 많이 썼다.

접수한 사람들이 모두 구연을 마치고 시상 차례가 되었다. 많은 사람이 상을 받았다. 끝부터 1등까지 다 불렀다. 내 이름은 나오지 않았다.

"남편 말대로 나는 떨어졌네!"

1등으로 불린 사람이 시상대로 올라갔다. 시상이 끝나면 간단한 파티 시간이 이어질 듯해서 살그머니 일어나 주차장으로 향했다.

"선생님!" 막, 차에 오르려는데 다급히 외치는 소리가 나서 돌아보니 연구원이다.

"네! 길이 멀어서 출발하려고요. 사람이 많아서 인사도 못 드리고 나왔네요."

"아, 그게 아니고 선생님 특상이에요, 상 받으셔야지요."

1등 위에 특등이 있었다. 특등은 그야말로 아무도 따라올 수 없는 제일 높은 상인 것이다. 구연도 잘하고, 시간도 딱 맞고, 이야기 소재도 맞아야 한다. 강원도 할머니가 3박자를 완벽하게 맞춘 것이었다. 전국에서 1등이라니 멋진 일이었다. 예상대로 간단한 파티가 이루어졌다. 나의 구연을 한 번 더 듣고 싶어 했다. 모두의 요청으로 나는 '원님의 아들' 구연을 한 번 더 했다.

'원님의 아들은 새색시가 첫날밤에 방귀를 뀌었다. 새신랑은 조심성 없는 사람과 평생을 같이할 수 없다고 색시를 두고 혼자만 자기 집으로 가버렸다. 옛날에는 처가에서 첫날밤을 보냈다. 그 후 10개월이 되자 사내아이를 낳았다. 아이가 커서 서당을 다니게 되었는데 아버지 없는 놀림을 받았다. 아들은 아버지는 어디 계시느냐고 물었다. 어머니가 들려준 이야기는 새로 부임한 사또가 아버지라는 것이다. 아들은 사또를 찾아가 아침에 심으면 저녁에 따먹는 오이씨를 판다. 사또는 만일 거짓이면 곤장 20대를 맞는다고 한다. 아들은 틀림없다고 말하고 대신 세상에 태어나서 방귀를 한 번도 안 뀐 사람이 심어야 한다고 말한다. 깜짝 놀란 사또는 아들임을 안다. 아들이 어머니께 아버지를 찾아드린 이야기다.'

다시 우레 같은 박수가 터졌다. 나는 새색시 같은 하얀 한복을 입고 천사처럼 인사했다. 앙코르는 가수만 받는 것이 아니다. 꿈을 향해서 나아가는 사람에게도 세상은 박수를 쳐 준다. 60 넘은 할머니도 전국대회에서 당당히 특상을 차지하고, 박수 넘치는 앙코르도 받을 수 있었다. 그 일을 계기로 나는 지금도 어린이 책 놀이 독서 지도를 한다.

3

꿀 먹은 벙어리,
세월이 흘러 지금은?

결혼이란 동반자라는 등식이 성립되고 짝이 되어 항상 함께하는 사람. 서로에게 도움을 주고, 서로 신뢰하고, 존중하고, 배려하는 사이, 큰 사랑 속에 감정을 공유하는 관계이다. 이것이 결혼에 대한 사전적 정의다. 정의와 상관없이 결혼한 새색시는 시부모와 함께 산다면 많은 가슴앓이를 하게 된다.

시집온 그달에 시고모님 두 분과 시할머니께서 놀러 오셨다. 나는 금방 시집온 상태이니 아무것도 모르는 새색시다. 결혼 전 직장생활로 타지에 머무른 탓에 밥도 할 줄 몰랐다.

　두 분은 퍽 오래 머무르셨다. 쩔쩔매며 하루 세끼를 차려야 했다. 태어나서 가장 힘든 나날이었다. 그러나 아버님이나 시고모님은 전혀 눈치를 못 채셨다.

　시집살이를 잘하는 방법론에는 갓 시집을 갔더라도 '원하는 것은 솔직하게 말해라.'라고 써 있는 것을 읽은 적이 있다. 그래야만 어른도 알고 나도 편하다고 한다. 그러나 할 말과 못 할 말이 있는데, 밥 차리기 힘드니 그만 가시라는 말은 할 수도 없을 뿐만 아니라 해서도 안 되는 말이다. 어른이 눈치 있게 알맞게 머무르시고 가주시는 배려만이 방법일 뿐이다.

　한번은 고모님이 두릅을 사 오셨는데 나는 모르고 그대로 삶아서 무쳤다. 나중에 상을 물리고 보니 상위에 밑부분 껍질이 수두룩하게 있었다. 하나씩 떼면서 드신 것이다. 두릅은 밑부분을 떼고 먹는 것인 줄 몰랐다. 작은 모시조개를 사 오시기도 하셨는데 물에 담갔다가 해감을 시켜 국을 끓여야 한다. 나는 바로 먹는 것인 줄 알고 그대로 시금칫국을 끓였으니 당연히 버릴 수밖에 없었다. 이런 내가 여러 날 하루에 세 번씩 밥을 차리는 것은 무리였고 힘에 부쳤다.

　그러던 어느 날 아침밥상을 들고 들어가는데 큰 고모님이 말씀하셨다.

"오라버니가 며느리를 보니 편하게 밥도 얻어먹고 참 좋네." 큰 고모가 말씀하셨다.

"그러게, 또박또박 시간도 잘 맞추네."

"근데 우리 애가 쟤를 보고 왜 벙어리래?"

"웬 벙어리?" 작은 고모님이 얼른 말을 받으셨다.

결혼하자마자 시고모님의 아들이 다녀가서 한 말이다. 열흘 동안 묵다가 돌아갔다. 그때도 밥상 차리는 것이 제일 어려운 일이었다. 집에 가서 머무는 동안 형수가 말하는 것을 한 번도 못 들었다고 했다. 시집 식구가 많은 건 아니다. 말이 필요 없는 나날이었다. 말만 잃어가는 것이 아니라 표정도 잃어갔다. 참 이상했다. 표정이 없으니 생각도 없어졌다. 머릿속이 텅 비어가는 듯했다. '이대로 가다가 형체도 없이 몸이 사라지는 것은 아닐까?' 예상과 다르게 현실이 빗나갈 때 사람은 말을 잃게 된다. 결혼이란 나에게는 밥하는 것일 뿐 그 이상도 이하도 아니었다.

'이런 생활도 있나?'

'시집은 왜 오는 거야?'

'밥하려고 오는 건가?'

생각이 멈춰버린 나와 활동성이 강한 내가 만나서 Burn Out되어가고 있었다. 우리 옛말에 시집을 가면 귀머거리 3년, 벙어리 3년, 장님 3년 살란 말이 있다. 그것은 시집을 가면 모든 것에 나서서 참견하지 말고 살라는 것이다. 시대가 변해서 이제 그럴 일도 없다. 결혼해도 시집에 들어가서 사는 일은 드물기 때문이다. 나는 그 변화되는 과정에 딱 걸리게 시집을 왔다. 밥 못하는 새색시가 밥해대느라 꿀 먹은 벙어리 가슴앓이를 겪게 된 것이었다. 얼마나 말을 안 했으면 '형수는 벙어리던데.'라는 말을 했을까?

모두 가시고 나니 시간이 많이 돌아 났다. 그동안 손님들 밥해대느라 책 볼 생각도 못 했다. 시집올 때 가지고 있던 책을 몽땅 가져왔으니 읽을거리는 충분했다. 밥하는 일 외에 할 일은 특히 없으니 종일 책이랑 놀았다. 내가 찾는 책이 없으면 강릉까지 버스를 타고 가서 책을 구해왔다. 책을 어쩌다 읽는 것이 아니라 일삼아 독서를 했다. 마치 당장 대학입시라도 보는 사람처럼 열심히 읽어댔다. 하루는 서점 하는 남편 친구가 놀러왔다.

"이 집에 책이 왜 이렇게 많누!"
"이거 우리 서점 책 아닌데 어디에서 이렇게 많이 산 거야?"
"집사람이 친정에서 가져왔지."
"이렇게나 많이?"

책을 읽는 것은 여러 가지 장점이 있다. 톡톡 튀는 문구 속에 심신의 안정이 깃들고 시야도 넓어진다. 생각이 깊어지고, 지혜로워지며 결정할 일이 있을 때 슬기로운 판단을 하게 된다. 배려심도 많아져서 남의 사정도 잘 이해한다. 더 특별한 장점은 조리 있게 말도 잘하게 되고, 대인관계도 좋아진다. 책 속을 여행하면 멋진 곳, 멋진 사람, 멋진 음악회, 아름다운 사랑과 슬픈 이별, 심지어 맛난 음식까지도 사실처럼 만나게 된다.

기적같이 60이 넘어서 세상 밖으로 나오고 사회생활에 바쁘게 뛰어들었다. 새색시 적에 읽은 책들이 이렇듯 귀한 자산이 될 줄은 미처 몰랐다. 평소에 책을 가까이한 것은 실로 인생에서 대단한 저축이다. 술술 잘 되는 강의는 여기에서 씨앗이 뿌려졌다고 여겨진다. 독서지도사 강의는 말할 것도 없고 폭력 예방 강의, 웰다잉 강의 때에도 많은 도움을 준다. 많은 사람에게 원한다면, 필요한 조언과 격려를 제공할 수 있다. 공자님을 모셔오고 워런 버핏도 모셔온다. 나의 영혼은 소크라테스, 플라톤, 아리스토텔레스까지도 평생 계약이다. 더구나 내 마음은 아테네 파르테논 신전 출입도 가능하다. 창공을 향해서 도약하는 발판은 이때 만들어진 것 같다.

새색시에서 중년으로, 중년에서 노년으로, 세월은 흘렀다.
비록 나이는 들었지만, 하고 싶은 일은 여전히 많다. 우리의 인생은 나이에 상관없이 언제든지 새로운 도전과 발전을 할 수 있다. 벙어리로 오해받던 나는 멋들어지게 말 잘하는 소문난 유명강사다. 책 속에 길이 있었다. 창공으로 날아가는데 나이는 숫자에 불과했다.

4

세상에 이렇게 예쁜 아이들이
어디 또 있을까?

아이들은 사회의 꽃이다. 도서관에서 아이들 책 놀이하는 날이면 공연히 신난다. 아이들은 아무도 나에게 할머니라고 부르지 않는다. 아마도 내가 젊게 보이나 보다. 그러나 난 '할머니'란 칭호를 좋아한다. 정답고 따뜻하다. 아이들에게 동화는 옛날 옛적 이야기도 되고 미래의 이야기도 되고 가상세계도 된다. 창의력을 길러주고 주관적 생각을 뚜렷이 구상하게 된다. 아이들 눈을 하나하나 맞추어보고 이야기를 들려주면 아이들은 반짝반짝 호기심 많은 눈총으로 귀를 쫑긋한다.

오늘은 전래 동화를 가지고 갔다. 아이들을 동그랗게 앉히고 마주 앉아서 한다.

"자아, 이야기한다. 잘 들어봐."
"네."

아이들은 눈을 반짝거리며 귀여운 얼굴로 모두 나를 쳐다본다. 세상에서 이렇게 예쁜 아이들이 어디 또 있을까? 막 이야기를 시작하려는데, 갑자기 문 쪽이 소란스럽다. 얼른 일어나서 문을 여니 오빠를 따라온 동생이 엄마와 살랑이를 벌인다. 공주 같은 원피스를 입고, 입은 한발이나 나와 있다.

"아이고, 선생님 어쩌면 좋아요."
"건우, 데려가시려고요?"
"아! 그게 아니라 세희가 오빠와 같이 있겠다고 떼를 쓰네요."
"아 그러셨군요. 괜찮아요. 제 옆에 앉힐게요."
"안 된다고 아무리 말려도 말을 안 듣네요"
"네, 끝날 때 오세요."

동화 수업은 초등 1학년 2학년을 대상으로 한다. 그런데 다섯 살짜리

여동생이 오빠와 같이 있겠다고 고집을 피운다. 나는 공주 같은 예쁜 동생을 무릎에 앉히고 동화 수업을 시작했다.

오늘 이야기는 '주인을 구한 강아지 덕구' 이야기다.

깊은 산속에 할아버지가 강아지 한 마리가 데리고 살고 있었어.

강아지 이름은 덕구야.

어느 비가 많이 오는 날 큰 감나무가 집을 덮치고 할아버지가 방에 갇힌 채 다치게 되었지. 그것을 본 강아지 덕구는 할아버지를 구하기 위해, 멀리 떨어진 마을로 달리기 시작했어. 한 번도 쉬지 않고 온 힘을 다해 달렸지. 드디어 마을 사람들을 데려오고 할아버지는 무사히 구출되었어.

"에구, 어떻게 내가 갇힌 걸 알았나?"

"덕구가 마을을 돌면서 어찌나 짖는지 무슨 일이 난 것 같아서 모두 왔지요."

"그만하시길 다행입니다. 덕구 덕분이네요."

"어린 덕구가 어떻게 빗속을 달려갔나?"

"어찌나 크게 짖는지 난리도 아니었어요."

"아이고, 그랬고만. 덕구야~덕구야~!"

할아버지는 덕구를 불렀어. 그런데 아무리 불러도 덕구는 대답이 없는 거야. 동네 사람들이 덕구를 찾아 나섰어. 어머나? 덕구는 사립문 옆에 쓰러져 죽어 있었어. 너무 지치고 힘들었던 거야.

"아이고 덕구야, 덕구야!"
"덕구야~" 할아버지는 덕구를 끌어안고 크게 흐느끼며 울었어.
"으앙~!"

갑자기 내 무릎에 앉아 있던 5살짜리 세희가 교실이 떠나갈 듯이 크게
울었다. 아이들은 숨죽이며 이야기 듣다가 모두 깜짝 놀랐다. 나는 더 놀
랐다. 세희는 매우 크게 울었고 나는 세희를 어떻게 달랠 수가 없었고 땀
을 흘리며 쩔쩔맸다.

"강아지가 너무 불쌍해, 으앙~!"
"으앙."

동화 수업을 하다 말고, 하는 수 없이 세희를 업고 교실을 돌며 달래
줄 수밖에 없었다. 언제까지나 도서관에서 화제가 된 이야기이다.

동화는 알게 모르게 아이들 인성을 바르게 만들어 주고 마음도 예쁘게
만들어 준다. 동화의 좋은 점은 무수히 많다. 듣는 집중력이 늘어나고 아
이들이 말을 조리있게 잘하게 된다. 동화를 들으면서 무한한 상상력을

펼치고 더불어 창의력이 형성되기도 한다.

동화 속의 여러 가지로 얽히는 이야기를 이해하고 참고 인내하는 감정도 배우게 된다. 좋은 것 나쁜 것을 가름할 줄도 알게 되는 것은 아이들에게 더없이 좋은 일이다. 그뿐만이 아니라 더 큰 장점은 가족 간의 소통에 필요한 이해심을 갖게 된다는 것이다. 그림 동화책은 페이지 수가 많지는 않다. 그러나 내용에서 많은 것을 함축하고 있다.

아이들 동화는 아이들에게만 유익한 건 아니다. 어른이 읽으면 어른의 인성교육이 되고 아이가 보면 아이의 눈높이에 맞는 심성 교육이 된다. 특히 동화 이야기는 아이들에게 꿈을 실어준다. 강아지가 불쌍하다고 한참을 우는 세희를 달래며, 동화 수업이 아이들에게 큰 심미감을 안겨 주는 것을 몸소 느꼈다.

5

잘 살았다면
잘 늙어갈 것이다

허수아비는 인간의 창의력과 노력이 결합하여야만 그 가치를 발휘할
수 있다. 즉 팔을 만들고 옷을 입히고 모자를 씌워주고 등등 사람의 손길
이 가야 한다는 말이다. 허수아비는 영혼이 없다. 추수가 끝나면 농부에
의해 감사의 인사도 없이 그냥 해체되어 버려진다. 허수아비 일생은 심
지도 자존심도 없다. 그래도 가을 내내 허수아비는 늘 그 자리에 있다.
꾀도 부릴 줄 모르고 놀 줄도 모르고 낮잠도 안 잔다. 묵묵히 참새 쫓고
논이나 밭의 곡식을 보살핀다.

허수아비는 농부들의 생산성을 높이는 데 중요한 역할을 한다. 허수아비가 새들로부터 밭을 지켜줌으로 농부들은 더욱 효율적으로 작물을 재배하고 수확할 수 있다. 그런데 어쩐 일인지 열심히 일하는 허수아비를 세간에서는 '자기 자리를 잘 차지하지 못하는 바보' 같은 사람을 빗대어 말한다. 비슷한 말로 '바지저고리'라는 말도 있다. 둘 다 자기 구실을 못하는 걸껍질이란 뜻이 포함되어있다.

시마다 문화학습관이란 곳이 있다. 무료이거나 저렴한 수강료를 내고 시민들의 지식함양에 이바지하는 프로그램이다. 많은 사람이 여가를 활용하기 위해 평생학습관의 수업을 등록한다. 주로 젊은 여자들이 많이 무엇인가를 배운다. 60에 세상 밖으로 나온 나도 이곳을 자주 애용한다. 내가 몰랐던 여러 가지 학습이 이루어지고 있기 때문이다. 종류는 무척 다양하다. 부동산과도 있고 영어 회화나 중국어, 일본어 회화과도 있다. 사진반도 있어서 사진에 관심이 있는 사람들이 많이 등록하고 기타나 플롯 반도 있다.

어떤 것을 정할까 생각하다가 가사 반을 선택했다. 여기서도 회장이 되었다. 능력이 있어서가 아니라 나이가 많다고 회장이 된 것이다. 회장은 반을 통솔하고 행정실에 연락망 역할도 하는 것이다. 출석을 점검하거나 단체로 물건을 주문하는 일을 한다. 힘든 것도 아니고 장부에 이름

적기만 하고 보고만 하면 된다. 그런데 회장은 난데 기관에서는 젊은 회원에게 일을 전달한다. 처음 세상 밖으로 나온 어수룩한 나이 많은 할머니로 생각하는 듯 같다. 아무것도 모르는 할머니로 여긴다. 여기서도 많은 나이를 실감한다. 회장은 회장인데 허수아비 회장인 셈이다. 바깥세상을 모르고 온실 같은 가게 안에서만 살았다. 아무 상관없다. 사실적으로 엉금엉금 처음으로 기어 나온 초로의 할머니이기 때문이다.

사람은 누구나 늙는다. 요즘은 100세 시대를 지나 120세 시대를 가고 있다. 지금 젊은 사람도 언젠가는 나만큼 나이가 들 것이다. 그러니 무시한다고 마음 쓰지 않아도 된다. 허수아비 회장이라고 너무 슬퍼하지 않아도 된다. 지금부터 달라지면 된다. 성품을 바꾸면 운명이 바뀐다고 했다. 나이는 들었지만 나를 위해서라도 온화한 성품이 되도록 노력해 봐야겠다. 젊었을 때부터 미래를 생각하며 나이 드는 것이 현명하다. 어떻게 나이 들어갈 것인가? 해답은 간단하다. 평소에 자기 관리가 필요하다. 어느 날 갑자기 새롭게 늙어가진 않을 것이다. 확실한 것은 생활해온 대로 늙어 갈 것이다. 다행히 올바르게 잘 살았다면 잘 늙어갈 것이다.

평생학습관에서 수업을 시작하고, 첫 달이 어영부영 지나갔다. 나는 수업에 필요한 디자인 책도 열심히 보았다. 책에서 다양한 문양을 보고 변형하기도 했다. 실력이 쭉쭉 늘었다. 인터넷 검색도 하고 동영상도 시청했다. 열심히 작품을 만들면 어수선한 잡념들은 사라진다. 새로운 작품을 만들고 회원들에게 가르쳐 주었다. 내 작품을 맘에 들어 하면 아낌없이 선물도 했다.

나는 몇 가지 생활관을 갖고 있다. 첫째, 시대변화에 적응할 것. 둘째, 배움을 놓지 말 것, 셋째, 봉사를 생활화할 것, 넷째, 할까 말까 할 때는 할 것, 다섯째는 갈까 말까 할 때는 갈 것이다. 또 하나, 먹을까 말까 할 때는 먹는 것을 택한다. 살은 좀 찌지만, 건강을 위해서는 잘 먹는 것도 중요하다. 세계적인 최고의 음식에는 5가지가 있다. 스페인의 올리브유, 그리스의 요구르트, 일본의 낫토, 한국의 김치, 인도의 렌틸콩이다. 이 중에서 인도의 렌틸콩을 구매가 안 되어서 이것만 빼고 모두 먹고 있다.

학습관의 배움은 유익했다. 젊은 사람들과 친구 관계도 맺어졌다. 전화도 오가고 가끔 차도 같이 마신다. 사람이 무엇을 배우고자 하는 궁극적인 목표는 잘 살기 위함이다. 행복한 삶을 살기 위함이다. 여가를 즐기기 위한 여가에서 스트레스를 받는다면 엄청난 언밸런스다. 늘 즐겁게 학습관을 오고 가는 마음이 중요하다.

학습관 배움 생활은 삶에 즐거움을 더해주는 중요한 활력소이다. 특히 젊은 친구들과 함께 학습하는 것은 세상을 더욱 잘 사는 비결이다. 젊은 사람들과 함께하면서 서로의 아이디어와 경험을 공유하면, 나날이 몰랐던 새로운 지식을 알게 된다. 또한, 그동안 잠재되어 있는 능력과 재능을 발휘할 기회를 다시 찾을 수도 있다. 이를 통해 자신의 능력을 인정받으면 더욱 자신감이 커진다. 자존감 향상에 일등공신이다

또한, 학습관 배움 생활은 스트레스를 해소한다. 젊은 친구들과 함께 생활하면서 새로운 에너지가 기운을 돋아준다. 세상을 더욱 잘 사는 지름길을 찾을 수 있다. 이를 통해 더욱 행복하고 의미 있는 삶을 살아갈 수 있는 것이다.

진실은 어디에나 통한다. 목표를 향해 나아가는데 나이는 숫자에 불과하다. 나는 파란 청춘이다. 인생을 더 젊게, 멋지게, 살아가기 위해 항상 노력한다. 젊었을 때 그렇게도 없던 시간이 이제는 많다. 잘 큰 누에고치에서 반짝반짝 빛나는 명주실이 나오듯이, 세상을 잘 사는 지혜는 인간 내공이라는 고치에서 술술 나온다. 허수아비 회장이면 어떤가? 새로운 배움에 항상 도전하는 나는, 마음이 파아란, 젊은 할머니다.

❀

6

동양화 작가가 되던 날

"이제 전시회 한번 여셔야지요"

"작품이 저리 많은데 한번 여세요"

"그림들이 모두 사진 같아요. "

많은 나이라는 역경을 안고 60을 넘어서 미술협회에 발을 들여놓았다. 협회 회원들이 이구동성으로 한마디씩 한다. 환갑노인이 붓을 잡고, 남들은 긴 세월 노력해도 될까 말까 한 작가가 당당히 된 것이다. 정말 나이는 숫자에 불과했다.

전시회에 작품을 등록하고 전시한 세월이 꿈만 같다. 환갑노인이 미술 대학 입학하는 입시생처럼 새벽 3시 반에 일어나 맹렬히 그림을 그렸다. 전시회를 열 만큼 그림의 숫자도 되었다. 전시회를 열면, 인생에서 한 가지 꿈은 마무리한다. 그러나 다시 생각해 보았다. 나 자신이 내 눈에 먼저 보였다. 그림이 좋아서 늦게 붓을 잡고 열심히 그리긴 했지만, 나는 무명인에 불과했다. 잘나지도 않은 것이 난 척하는 건 내 성격에 맞지 않는다. 두 칸 방에 그림이 가득했지만, 나는 전시회를 열 마음을 접었다.

붓을 잡고 열심히 매진할 때 가슴 아픈 일들도 많았다. 어느 때인가 완성된 큰 화판의 그림을 들고 화실로 갈 때였다. 맑은 하늘에서 갑자기 소낙비가 내리쳤다. 미처 피한 틈도 없었다. 고스란히 화판이 비에 흠뻑 젖어 물감이 흘러내렸다. 글로는 그 기분을 표현하기가 힘들 정도이다. 정말 슬펐다. 또 한 번은 협회 화실에서 친구와 담소하다가 커피가 화판에 쏟아져 대작을 망치고 며칠 잠을 못 잔 적도 있다. 빨리 그려야 하는 것도 아닌데 밤을 새워 그리다가 꾸벅 졸아서 붓이 화선지를 쭉! 그은 때가 한두 번이 아니다. 고쳐보려고 끙끙 애를 쓰다 결국엔 버렸다.

사람은 살면서 일만 하지는 않는다. 여가활동, 취미활동은 삶의 활력소이다. 질 좋은 인생을 사는 길이다. 노래를 배우고, 시를 쓰고, 여행을 다니고, 등등 모두 좋다. 나는 60세가 될 때까지 여가를 즐기거나 취미생활을 하는 일은 담을 쌓고 살았다. 인간은 빵만으로 살 수 없다고 철학자들이 누누이 말하건만, 빵만으로 60까지 세상을 산 셈이다. 이런 세상이 있는 줄도 몰랐다. 나와 보니 많은 사람이 여가를 즐기면서 보람되게 살아가고 있었다. 그림을 그리는 취미생활을 시작하니, 이 일은 마음의 평정이고 내일을 위한 도약이다. 시간을 버리는 것이 아니라 시간을 버는 일이었다. 마음을 다스리는 지혜가 매일 내 속에 쌓였다.

어느 날 못 보던 청년 두 명이 왔다.
"사모님! 회장님께서 액자를 가져가라고 해서 왔습니다."
"무슨 액자?"
"회장님께서 그림을 주셨어요."

엄청 기가 막혔다. 말도 안 되는 소리지만 꼼짝없이 소형 자가용에는 들어가지도 않는 대형액자 두 개를 내보냈다. 그리고 남편에게 전화를 걸었다.

"여보! 내 그림 아무나 주지 마!"
"아무나가 아니야, 중요한 사람들이야."
"중요한 사람이면 다른 걸 주지 왜 내 그림을 주냐고?"
"이 사람아, 저렇게 많은 걸 다 어디에 쓰려고"

보통 누구에게 물건을 선물하는 의미는 정성의 표현이다. 그리고 고마움을 표시하는 답례이기도 하다. 아무 이해 상관이 없는 사람, 생전 처음 보는 사람, 내가 알지도 못하는 사람에게 오랜 시간 정성을 쏟은 내 그림을 주는 건 정말 이해할 수 없는 일이다. 내가 잘 아는 사람, 내가 좋아하는 사람, 나를 좋아하는 사람에게 나는 내 그림을 주고 싶다.

그러나 그 후로도 가끔 남편은 사람을 보내 그림을 가져가게 했다. 더 참을 수 없는 나는 저녁때 들어오는 남편에게 소리 질렀다

"정말 내 그림, 아무나 주지 말라고 했잖아!"

나는 화가 나서 소리를 지르는데 정작 남편은 아무렇지도 않게 조용히 말한다. 그림을 그리면서 행복을 느꼈으면 족하니 기회 될 때마다 나눠주란다. 저 방에 쌓여 있는 것보다 어엿한 거실에 걸려 있는 게 그림에 좋단다. 그림 관리도 힘든데 나를 도와주는 거란다. 그러나 그림은 내가 그린 것이라 하더라도 액자는 그 비용이 만만치 않다. 아는지 모르는지 그 후로도 계속 남편은 사람을 보내 그림을 가져가게 했다. 내 그림은 보통 가로 150cm, 세로 120cm 대작이다. 한 작품 완성하는 데 몇 개월씩 걸린 대작이다.

60에 세상에 나와서 나이에 무관하게 열심히 노력해서 동양화 작가가

되었다. 젊은 사람들 속에서 초로의 할머니가 매일 그림에 몰두했다.

그림을 그리는 취미를 갖는 것은 참으로 좋은 일이다. 그림을 그리면 맑은 눈과 고운 감정을 얻는다. 세 살짜리처럼 순수한 마음도 가지게 된다. 스트레스 같은 건 그림을 그릴 때는 감히 얼씬도 못 한다. 또한, 붓을 잡으면 일상에서 가볍게 벗어날 수 있다. 심혈을 기울이고, 드디어 잘 완성된 그림을 감상하는 기쁨은 세상 어떤 일과도 견줄 수 없다. 모든 것을 다 비울 수 있고 내려놓을 수 있다.

정성을 다해 그린 그림이라, 내 작품이 모두 자식 같다.
나는 오늘도 집 나간 아이들이 걱정이다. 잘 있기는 한지······.

7

나는 나이를 거꾸로 먹는다

배우들의 화려한 전성기 때의 모습과 은퇴 후 늙은 모습은 믿기 어려울 정도로 판이하다. 세월이 흐르면 아름다운 배우든 유명한 정치가든 똑같이 나이라는 걸 먹는다. 원하든 원하지 않든 무조건 먹는다. 나이 들면 외모부터 달라지고 성격도 변해간다. 알게 모르게 가슴에 화가 찬다. 가끔 성질이 고약한 노인을 우리는 본다. 예전에도 저랬을까? 젊었을 때는 분명 멋있고 씩씩했을 수도 있다. 세월이 가는 동안 변한 것 같은 생각이 든다. 노인이 되어도 변하지 않을 방법이 있다. 나이를 거꾸로 먹으면 된다. 나는 젊은 날은 일하고 오히려 나이 들어 공부한다.

우리는 해마다 똑같이 변하지 않는 이를 가끔 본다. 모든 일에 의욕이 넘치고 기도 세다. 늙어가며 오히려 마음을 가꾸기 때문이다. 그런 사람의 신체나이는 분명 노인이 아닐 것이다. 걷다가 계단 오를 때 가슴 통증이 느껴진다면 혈관의 90%가 막혀 있는 것이라고 한다. 나이 든 사람에게 주로 오는 현상이라 한다. 요즘은 병원에서 혈관 나이도 측정할 수 있다. 나이가 많이 들면 체내의 혈관도 깨끗할 리가 만무하다. 그러나 조정된다. 매사에 비관하지 않고 순응하며 받아들이면 마음이 평온해진다. 늘 웃고, 자연과 벗하며 즐겁게 사는 것이 명약이다.

60세가 넘은 사람은 노인 회관에 회원 등록하면 전철을 무료로 탈 수 있다. 친구들이 모두 만들었다며 보여주었다. 바쁜 내가 만들었을 리가 없다고 생각했는지 나보고 만들라고 성화다.

그러나 내가 사는 동해에는 전철이 없다.

"뭐 한다고 만들어, 여긴 전철도 없는데. 버스도 돼?"
"버스는 안 돼."
"그러니까 왜 만드냐고?"
"참나, 서울 갈 때 쓰면 되지!"

나는 전철 사용할 때 일단 돈 내고 종착지에 내려서 큰 기계에 표 넣으면 내가 냈던 돈이 기계에서 쪼르르 나온다. 서울 가면 항상 그렇게 사용한다. 불편하기는 하다. 서울도 종종 가는 터라 큰마음먹고 시간을 내어서 노인 회관에 등록하러 갔다.

"60세가 넘으셔야 합니다."

"네, 넘었어요."

"본인이 오셔야 하는데요."

"본인인데요?"

다시 한번 쭉! 훑어보더니 보건소에 가서 건강검진을 받아와야 한다고 말한다. 바로 검진받으러 보건소에 갔다. 사람이 많아서 한참을 기다린 후에 온 이유를 설명했다. 그런데 설명을 다 듣던 직원을 다른 서류를 집어 들면서 지나가는 말로 대답한다.

"며느님이 오면 안 되고 어르신이 오셔야 합니다."

아직도 쇼킹한 나의 노인 회관 등록 이야깃거리다. 그때와는 다르게 지금은 모든 사람이 젊게 보인다. 50대이든 60대이든 모두 40대처럼 보인다. 나는 50대 때에 미장원에 가면 나이 들어 보이게 머리해달라고 했다. 내 나이대로 안 보이니 가끔은 우스운 일도 벌어진다.

몇 해 전에 남해로 여행을 갔는데 60세 이상은 입장료를 안 받는 곳이 있었다. 나는 당연히 60세 이상이니 무료로 들어가는 줄에 섰다. 관리원이 오더니 저쪽에 서야 한다고 한다. 돈 내는 줄에 서라는 이야기다. 60세가 넘어서 이쪽에 섰다고 하니 주민증을 보여달라고 한다. 사람들이 나에게 무슨 운동하고 뭘 먹느냐고 묻는다. 유일하게 좋아하는 건 소나무 숲 걷기인데 솔직히 바쁘니 운동도 못 하고 산다.

'식사할 때, 반주로 포도주 반 잔.'
'잠자기 전 반신욕 25분.'
'퇴근 후 안마기 20분.'
이것이 전부다.

이것도 늦게 퇴근하고 피곤하면 건너뛸 때가 더 많다. 내가 생각하는 거꾸로 나이 먹는 방법이 있다. 그것은 새로운 변화에 관심 가지고 도전하는 일이다. 알아가는 재미는 세상 어디에도 견줄 데가 없다. 공자님도 평생 공부하라고 했다. 항상 학생처럼 공부하면 나이를 먹지 않는다. 바쁘게, 열심히 살면 나이가 오다가 길을 못 찾고 도로 간다.

인생을 열심히 살면서 새로운 것을 배우고 항상 도전하는 삶! 이러한 열정과 노력은 누구라도 늙지 않게 만들어 주고, 활기차게 해준다. 자기 자신을 사랑하자! 이러한 건강한 습관은 인생을 잘 살게 해준다. 늘 긍정적이고 낙천적인 모습도 늙어 보이지 않는 비결 중 하나가 아닐까 생각해 본다. 꿈을 향해 도전하고, 새로운 것을 배우며 계속 성장해나가면 늙지 않는다. 빛나는 인생을 살아갈 자격이 있다!

오늘도 전래놀이강의 준비하는 젊은 할머니, 나이는 숫자에 불과하다. 자신에게 충실하고 자신을 사랑하는 사람은 나이를 거꾸로 먹는다.

8

60에 빨간 원피스는
입어줘야지

빨간 원피스를 입으면 세상이 밝아진다. 내가 보는 세상뿐만 아니라 상대방의 세상이 밝아진다.

비 오는 날은 더욱 화사한 옷이 좋다. 나와 내 주위가 함께 산뜻하다. 나는 안 보이지만 내 옆의 사람은 환한 기분을 금방 느낀다. 핸드폰 원리와도 같다. 우리가 들고 있는 핸드폰은 내가 필요하기도 하지만 상대방에 대한 배려도 담겨 있다. 다 같이 모여 살면서 공유해야만 하는 것들이 많기 때문이다.

나이에 상관없이 취미를 본업보다 더 열심히 하는 사람이 있다. 나처럼 말이다. 늘 새로운 세계가 보이기 때문이다. 생업은 그날이 그날이어야 하니 변신이 없다. 사람은 자신을 새롭게 할 때 희열을 느낀다. 나는 나이에 관해 신경 쓰지 않는다. 오히려 주위 사람들이 놀란다. 젊은 사람보다 더 활력 있게 달린다. 많은 강의를 하면서 만족은 뇌를 충족시키고 눈에, 입에, 볼에, 미소를 전한다. 즐거움은 전파가 빠르다. 옆 사람도 덩달아 취하게 하는 마력이 있다.

"아, 이런 원피스는 어떤 사람이 소화하는 거야?"

"세탁소에서 맡겨놓고 갔어."

"누구 건데?"

"응, 엘리트 사장님 것이래."

옆 가게에 옷을 찾으러 들어가니 두 사람이 대화를 주고받고 있다. 오늘 강의에 입을 옷이어서 배달을 부탁했는데 내가 가게 문을 안 열어서 원피스를 옆집에 맡기고 간 것이었다.

"빨간 원피스를 입으시다니, 사장님 대단하셔요."

"오래된 건데 몸에 맞으니 한 해에 몇 번은 입네요."

"참 고와요!"

나는 강의를 할 때 약간은 화려하게 변신한다. 내 기분도 좋지만, 수강생들도 환한 나를 좋아한다. 기분이 좋아지니 수업도 더 잘되고 수업 사진도 예쁘다.

'맞아, 60에 빨간 원피스는 입어줘야지.'
'해는 뜰 때도 멋지지만 석양은 더 멋진 법이라네.'

웰다잉 강의 때의 일이다. 나는 서둘러서 시작하는 시간보다 30분이나 일찍 도착했는데 벌써 다 오셔서 나를 기다리고 계셨다. 전국에서 장수마을로 선정받은 마을이다. 노인이라는 말과 맞지 않게 모두 마음이 젊다. 정신 또한 건강하다. 80이 넘어도 밭에 나가서 농사일을 직접 하신다. 늘 깨끗하게 입고 나오시기에 여쭤보면, 본인의 옷은 손수 세탁해서 입는다고 한다. 나이 들어 몸도, 옷도, 깨끗하게 관리하는 것은 장수의 한 가지 비결에 속하는 것처럼 여겨진다.

강의 때마다 느끼지만, 우리의 문화라서인지 아직도 많은 어른은 자식에게 돈을 준다. 몇 푼 나오는 연금까지도 자식 준다. 시골이라 수중의 돈이란 뻔하다. 조금씩 농사짓고 사니 형편은 늘 넉넉하지 못하다. 그런 중에도 농사지은 채소 팔고, 곡식 팔고, 차곡차곡 모았다가 자식, 손주, 오면 톡톡 털어 아낌없이 준다.

"나이 들면 돈은 꼭 쥐고 있어야 합니다. 손주 오면 용돈 주지 않아도 됩니다."

"손준데 어떻게 안 줘요, 내가 못쓰더라도 줘야지."

"그 돈으로 옆집과 짜장면같이 드세요"

"옆집은 남이고 손주는 내 새끼인데 옆집이랑 밥 못 먹더라도 손주 주는 게 낫지요."

"그렇지 않아요, 나이 들면 갑자기 아플 때도 많아요. 옆집은 5분 안에 오지만 자식은 3~4시간 후에나 올 수 있어요."

조곤조곤 강의해도 역시 손주가 오면 다 내줄 표정이다. 빨간 원피스 입고 갔는데 기분은 파랗다. 그렇지만, 선하고 인자한 어르신들의 인상은 내 마음도 포근하게 만들어준다.

강의하는 날이면 동네 어르신들은 각자 이것저것 챙겨 오신다. 참 건강하신 장수마을이다. 선생님 준다고 간식거리를 들고 수업 나오신다. 시골 마을의 인심이다. 백설기, 팥떡, 잡채까지 있다. 수업 후에 소풍 온 것처럼 한 상 차려서 드시면서 화재는 내 빨간 원피스다. 평생 이런 옷은 한 번도 못 입어봤다면서 요리조리 만지신다.

멋진 강의로 하루를 보내고 있는 60 넘은 빨간 원피스의 할머니! 오늘도 희망찬 창공을 향해서 훨훨 날아오르고 있다.

장미2 ──

멋진 강의로 하루를 보내고 있는 60 넘은 빨간 원피스의 할머니! 오늘도 희망찬 창공을 향해서 훨훨 날아오르고 있다.

9

나이가 들어도
좋은 것은 보인다

　사람의 눈은 거의 비슷하다. 모두가 좋다는 것은 역시 좋게 보이고 맛있다는 것이 맛있다. 나이가 들어도 좋은 것은 알고, 좋은 것은 보인다. 그러나 노인은 모든 좋은 것에서 멀어진 것처럼 세상 사람들이 인식할 때가 많다. 노인이니 하고자 하는 의욕도 늙어버리는 것처럼 착각하는 것이다.

　어느 날, 옷을 파는 상점에 갔다.

　밝아 보이는 초록색 치마를 하나 집으니 직원이 얼른 말한다.

　"어르신 그것은 젊은 사람들이 입는 것이에요. 이런 것은 어떠세요?"

하며 갈색 치마를 권한다.

"노인이 초록색 치마를 입으면 안 되나?"

"어르신이 입으시기에는 디자인이 좀….”

노인이 되면 잘 삐진다. 그 말에 또 섭섭했다. 그러나 잘 생각해 보면 생각해서 권하는 것이었는데. 장사하는 주인이 어련히 잘 알아서 권했을 텐데, 괜히 서운하다. 이런 일이 생길 때마다 스트레스받지 않는 나만의 비책이 있다. '삐지지 말고, 권하는 것을 사든지, 내 맘에 드는 것을 사든지.'라고 생각을 바꿨다. 나이가 들어도 좋은 것은 보인다. 나는 내 맘에 드는 초록색 치마를 샀다. 그러나 역시 불편해서 잘 안 입는다. 전문가의 말을 들으면 자다가도 떡이 생기는 법을 아직도 깨닫지 못하고 있다.

오랜만에 초록색 치마를 입고 동갑내기 친구 집에 놀러 갔다. 항상 말도 많고 참견하기도 좋아하는 친구이다. 샘도 많아서 당장 자기도 한 벌 사는 성격이다. 그런데 웬일인지 시무룩한 얼굴이다. 사연을 들어보니 식구들이 모두 설악산에 놀러 갔는데 자기는 노인이라고 집에 있으라고 하고는 떠났다고 한다. 여기저기 잘 돌아다니는 씩씩한 할망구를 떼어놓고 간 것이다.

"아이 잘 됐지, 거기 따라가면 뭐하게, 다리도 아픈데.”

"그 망할 것들이 즈덜끼리만 맛있는 거 먹고.”

"맛있는 건 내가 사줌세, 같이 나가자고."

초록색 치마 자랑하려고 갔다가 좋다는 말은 한마디도 못 듣고 밥만 사게 생겼다. 나이가 들면 소득의 10%는 친구를 위해 쓰라고 하는 말도 명언이다. 오늘은 그것을 실천하는 날로 정하니 마음이 편하다.

노인이 되면 따지지도 말고, 묻지도 않는 것이 상책이다. 아들이랑 같이 살려면 집에 있으라면 있어야 한다. 떼어놓고 가는 식구들이나 못 따라가서 안달하는 할망구나 다 똑같다. 노인이라고 걸음을 못 걸을 상태도 아닌데 함께 가도 될 것을, 못 따라가서 저리 서운해한다. 나이가 들었다고 모든 것을 다 내려놓은 건 아니다. 나이가 들어도 좋은 것은 보인다. 모든 것을 체념한 것도 아니다. 젊은 사람들이 아직 나이 들어보지 않아서 몰라서 그런다. 나이 들어도 마음은 그대로다. 맛있는 거 보면 먹고 싶고 멋진 곳은 가고 싶다. 마음속의 16세 소녀는 영원히 나이 먹지 않는다.

'노인이 되면 어린애와 같아진다.'라는 말이 있다. 내 다리가 아파도 식구들과 뭉쳐서 따라가고 싶다. 젊은이들은 노인이 같이 가면 조금 불편하기는 해도 다 방법이 생긴다. 그러나 살아보지 않은 노인 심정을 젊은이들이 어찌 알 것인가? 그들이 노인이 되면 그때 느낄 것이다. 만약 세월이 많이 흘러서 둘 중 혼자 남았는데, 자식이 손주들 데리고 놀러 가면서 노인이라고 따라오지 말라고 한다면, 어떤 심정일까? 사람의 인생은 돌고 도는 것이다.

여행하고 싶으면 친구와 같이 가는 방법을 선택하는 것이 최고다. 같은 또래의 모임에 가입하는 것도 하나의 지혜다. 그러면 다달이 맛난 밥 먹고 전망 좋은 곳에서 커피 마시며 환담하며 즐길 수 있다. 다 같이 노인이니 노인에게 맞는 자리만 여행할 것이고 노인에게 맞는 음식을 먹을 것이다. 그러나 조건이 따른다. 나이 들어서는 친구들끼리도 말조심하고 가끔 한턱내는 것도 잊지 말아야 한다. 예쁜 옷도 사 입고 모양을 내야 친구들이 좋아한다. 꾀죄죄한 친구를 두고 싶은 사람은 없을 것이다.

노인이 되면 식구들 따라갈 생각은 접어두는 것이 정신건강에 좋다. 왜 군이 식구들 불편하게 하는가? 같이 가자 해도 자식들만 가게 하면 더 좋아한다.

"느덜끼리 뎅겨온나."
얼마나 풍요로운 말인가? 지혜로 통하는 길에 우주도 보인다.

설악산 공룡 능선 ——

나이가 들었다고 모든 것을 다 내려놓은 건 아니다. 나이가 들어도 좋은 것은 보인다. 모든 것을 체념한 것도 아니다.

✿

제4장

지혜로
통하는 길목에는
반드시 우주가 있다

1

하루에 2시간만 자도 충분해

잠은 인간의 체력 회복과 정신적 안정을 위해 필요하다. 또한, 잠은 낮 동안의 많은 일을 한 뇌를 쉬게 한다. 사람은 11시 전에 자고 5시에 일어나는 것이 최적의 컨디션을 유지할 수 있다고 한다. 의학적으로는 인간은 하루에 7시간에서 9시간 정도의 잠이 필요하다고 하기도 한다. 또한, 잠을 취하면서 인체의 호르몬 분비가 조절되며, 면역력을 향상시키고, 기억력을 강화하는 효과도 있다. 결론적으로, 잠은 인간의 생명 활동에 있어서 매우 중요한 역할을 하는 것이다. 그 시간에 하루 동안의 힘들었던 몸을 초기화할 수 있다고 하니, 뇌는 참 똑똑하다.

알람으로 일어나던 뇌가 알람 없이 일어날 수 있도록 자동화되었다. 3시 반이 되면 의식이든, 무의식이든 나의 뇌는 깬다. 석사과정을 하면서 하루에 2시간 정도 잔 적이 수없이 많다. 과목이 많기도 했고, 리포트도 주간마다 써야 했다. 잠의 중요성을 알고는 있지만 학과 수업을 지속하기 위해서는 어쩔 도리가 없다.

잠은 2시간 주기로 변화한다고 한다. 즉 90~120분이다. 내가 2시간만 자고도 잘 버틴 날을 아마도 잠의 주기가 맞았던 것 같다. 잠든 후 2시간 만에 깨어나더라도 머리가 몽롱하지도 않고 맑은 상태가 될 수 있다고 한다. 오히려 3시간이 되었을 때 깼다면 주기가 맞지 않아 비몽사몽이라는 것이다. 수면 연구에 의하면 5시간 자고 깨는 것보다 4시간 자고 난 후 깨는 것이 낫다고 하니, 신기하다. 아침에 깼을 때, 머리가 맑다면 다행히 잠의 주기와 맞은 것이다.

수면은 습관이다. 잠을 안 자도 문제지만 많이 자도 문제이다. 잠을 자는 동안 뇌에서 호르몬과 신경전달 물질이 활성화된다. 하지만 너무 오래 잔다면 과다하게 활성화되어서 뇌에 나쁜 영향을 준다고 한다. 나도 많이 자고 나서 오히려 허리도 아프고 머리도 묵직한 경험을 해본 적이 있다.

나는 종종 2시간만 자야 하는 때가 있다. 강의가 들어오고 작업을 해야 할 때이다. 아무리 바빠도 강의가 들어오면 강의 PPT를 밤새 새로 작성한다. 같은 종류의 PPT가 있어도 항상 다시 작성한다. 일을 미루지 못하는 것이 타고난 성격이다. 완벽하게 강의 준비를 해놓은 후에야 잠을 잔다. 강의할 때 한 번도 존 적이 없으니 2시간만 자더라도 괜찮은 것 같다. 그러나 거리가 먼 경우 돌아올 때 졸리는 예도 있다. 그럴 때는 차를 세우고 잠시 잠을 자기도 한다. 해결의 열쇠는 가지고 있다. 모든 것은 마음먹기에 달렸다.

그러나 나는 보통 2시간만 자고서도 쌩쌩 한 편이다. 강의가 잡힌 날은, 한껏 모양을 내고 집을 나선다. 강사의 참모습을 잘 보여주는 것은 의상이다. 속에 든 지식은 천천히 차 한잔하면 나오는데 첫인상이야말로 보자마자 3분 안에 판가름 난다. 첫인상은 붙박이장처럼 오래간다. 기관강의는 나의 기분을 상쾌하게 한다. 먼 지방이면 더 좋다. 운전하며 여행도 함께하는 행운을 잡는다.

잠을 마음대로 부리는 나는 하루를 48시간으로 늘려서 사는 지혜도 가지고 있다. 가령 밥 먹으며 음악을 들으면 2가지를 했으니 1시간이 늘어났다. 산책하면서 커피를 마시고 음악을 들었다면 2시간이나 더 늘어난 것이다. 생태적으로 남자들은 잘 안된다고 한다. 한 번에 한 가지만 한다고 한다. 그러나 여자는 가능하다.

예를 들어 달걀부침을 남자와 여자가 한다고 하면 남자는 딱! 달걀부

침만 한다. 그러나 여자는 달걀부침을 하면서 쌀을 씻어 밥솥에 앉히고 시금치도 다듬는다. 더구나 오물오물 땅콩도 먹어가며 한다. 모든 여자가 다 그런 능력이 있는 것은 아니지만, 어쨌든 남자의 뇌로는 상상도 할 수 없는 일이다. 한 번에 여러 가지를 할 수 있는 여자여서 다행이다.

잠은 우리 건강에 매우 중요한 역할을 한다. 잠을 충분히 못 자면 여러 가지 부작용이 일어나기도 한다. 체력이 약해지고, 집중력이 떨어지며, 기억력이 감퇴하는 경우가 많다. 더구나 정신적 안정에 부정적인 영향을 미칠 수 있다. 따라서 적절한 수면을 유지하는 것이 매우 중요하다.

의사는 내원하는 환자들에게 어떤 병이라도 다 잠을 많이 자라고 권유한다.

내게는 의사 친구가 한 명 있는데, 내가 잠 안 자고 공부하는 것을 늘 염려한다. 그 친구는 내게 아예 대놓고 공부는 이제 그만하라고 말한다. 만약 공부로 인해 잠을 못 자는 경우, 잠깐 낮잠이라도 자라고 매우 염려스럽게 말한다. 그리고 잠을 효과적으로 잘 자는 해결방법까지 제시해준다. 수면 전에는 온수로 간단히 샤워하고 스마트폰은 밖에 두고, 좋은 잠을 잘 수 있도록 수면안대를 착용하는 것이 좋다고 한다. 노력이 필요한 부분이다.

의사 친구의 조언이 아니더라도 잠은 인간의 생명 활동에 있어서 매우 중요한 역할을 한다. 적절한 수면을 유지하는 것이 건강한 인생을 살아가는 것이기 때문이다. 잠은 심장질환이나 당뇨병, 비만, 그리고 우울증과도 연관이 많다.

그러나 그런 잠을 잘 요리하는 방법이 내게는 있다. 하루 24시간을 48시간으로 사는 지혜를 터득한 것은 행운이다. 그것은 늦은 나이에 학업을 이어가는 데도 도움이 되었다. 그 지혜가 2시간만 자는 것과 맞물려서 석사과정, 박사과정을 무난히 마칠 수 있었다.

나는 내 시간 중에서 오로지 잠자는 시간을 빼서 쓰지 않으면 도저히 나의 계발이 불가능하다. 학업을 다 마치고도 내가 아무 탈 없는 것을 보면 가끔이지만 2시간만 자도 충분한 것 같다. 8시간을 꼭꼭 채워서 잠을 잤더라면 오늘의 나의 영광은 없었을 것이다. 지혜로 통하는 길목에 반드시 우주가 있다.

2

두 권의 책을 내보니

2019년 갑작스러운 '코로나 19'로 모든 국민이 외출을 자제하고 최소한 마트 출입만 허용되었다. 프리랜서 강사들에게 코로나는 첩첩산중이다. 강의란 강의는 모두 정지되었다. 나도 갑자기 할 일이 없어졌다. 강의가 막혀서 집 안에 있자니 답답한 것은 말할 필요도 없다. 매일 깜깜절벽 같은 성우 굴속에 갇혀 지내게 되었다. 성우란 내 '호'다. 예전 한학 교수님께서 호를 성우라 지어주시고 '늘~ 앞서갈 거야.'라고 말씀하신 적이 있다. 나는 그 '호'가 맘에 들어서 항상 사용한다. 내 가슴속에는 망아지 한 마리가 산다. 아직 마음껏 뛰어다녀 보지 못한 녀석은 나이도 잊은 채 뛰어다니는 걸 좋아한다. 망아지는 한 가지 커다란 장점이 있다. 앞이 벽으로 막히면, 번뜩 스치는 섬광을 한달음에 달려가 큰 입에 꽉! 물고 뛰어온다.

'그래 이 일이 있었네, 이참에 정리해야겠어.' 번쩍 생각나는 반가운 것이 있었다.

시집와서 줄곧 한곳에 살고 있다. 내가 사는 집은 이층집으로 작고 큰 창고가 다섯 개다. 일거리가 줄어 뭘 할까 곰곰이 생각하니 창고 속 보물이 생각났다. 핸드폰 전등을 가지고 창고로 갔다. 창고에 들어서니 머리에 거미줄이 엉킨다. 정화조를 사이에 둔 긴 창고는 잘 안 쓰는 것을 보관한다. 핸드폰 전등을 켜고 살살 들어가니 먼지가 잔뜩 내려앉은 상자가 높게 쌓여있다.

'내가 이렇게 많이 스크랩했었나?'
'이사를 한 번이라도 했었다면 예전에 버렸겠네….'

젊은 시절 나는 유니폼 만드는 사업을 하며 세상과 단절하며 살았다. 바쁜 외중에도 통신대학 법학과는 이를 악물고 졸업까지 했다. 그때 관내 중·고등학생들 선도 일을 맡아서 했다. 학생들 선도를 하면서 놀이도 구했다. 선도할 때 놀이도 간간이 섞어서 시간을 보내니 선도가 더 잘되었고, 청소년들과 친하게 되는 지름길이 되었다. 그때 놀이자료들을 전부 모아두었다. 그런 자료가 있었기에, 나중에는 세계놀이나 전래놀이 강사도 할 수 있었다.

'나중에 정리해야지.' 한 것이 그동안 잊고 살았다.

상자는 작은 것, 큰 것 가지각색이었다. 조심조심 밖으로 들어냈다. 마당에 태산이 금세 하나 생겼다. 엄청 많다. 모두 꺼내니 창고가 훤하다.

'창고가 이렇게 컸었나?'
'등 하나만 있으면 여기서 책을 봐도 되겠네.'

상자를 하나하나 열고 안의 물건들을 꺼냈다. 다행히 비닐로 두 번씩 포장한지라 종이는 깨끗한 채로 보관이 잘 되어 있었다. 종이는 각양각색이었다. 전단, 노트 쪽, 신문의 여백 등등에 빽빽하니 글씨가 쓰여 있다. 그림도 있다. 놀이에 관한 것은 모두 스크랩해서 모아두었다.

'지금은 알지만, 나중에는 무슨 소린지 모를 거야.'
'자세히 적어야지.'

보관할 때 내가 했던 말이다. 간단히 적어놓으면 나중에 알 수 없기 때문이다. 하나하나 정리를 다시 하고 묶음을 했다. 빛바랜 옛날 신문을 보는 것은 또 다른 재미다. 나도 모르게 생각 없이 신문을 보다가 퍼뜩 정신을 차리기도 했다. 대충 외국 놀이와 우리 놀이가 분류되었다.

'세계놀이를 먼저 할까?'
'우리 놀이를 먼저 할까?'

아무튼, 그대로 남아 있는 게 신기했다. 상당히 흡족했다. 풍수지리에서 늘 '버려라, 버려라.' 한다. 이렇게 버리지 않았으니 장하다. 눈에 띄었으면 벌써 버렸을 듯도 하다. 다행히 창고에 숨어 있어서 살아남았다.

'코로나가 금방 지나가겠지?'
'분량이 적은 세계놀이부터 정리하자.'

그때부터 매일매일 놀이정리에 여념이 없었다. 새벽 3시 반에는 무조건 일어나니 작업을 많이 할 수 있었다. 타자 속도가 좋아서 빠르게 진행이 되었다. 나는 반신욕을 매일 하는데 그 시간이 아까웠다. 생각 끝에 노트북을 비닐로 잘 포장하고 욕조에 패널을 가로질러 얹었다. 욕조 안에 앉아서 컴퓨터를 하기에 안성맞춤이다. 위치와 높이도 딱 좋았다. 원래 반신욕 시간은 25분인데 정리를 하다 보면 40분도 탕 안에 있는 날이 많았다. 우습지만, 세계놀이 맞춤법 정리는 거의 나체로 했다고 해도 과언이 아니다. 진주에 사는 김 선생에게 욕조에 설치한 패널 책상 사진을 보내주었더니, 기막히다며 하염없이 웃는다.

3개월 만에 세계놀이 정리를 다 끝냈다. 요즘은 정보를 마우스로 끌어다 붙이는데, 세계놀이는 하나하나 다 컴퓨터 키보드로 쳐야 한다. 자료가 컴퓨터에 있지 않고 모두 종이 자료였기 때문이다. 2019년 코로나가 시작된 그해에 세계놀이가 정리가 다 되고 출판사에 넘겼다.

'코로나가 끝나면 강의 가야 하는데….' 중간에 멈출까 봐 걱정하며 서둘렀다. 밤새는 줄 모르고 매달렸다. 돌이켜 생각해 보니 세계놀이책 정리할 때 잠은 거의 못 잔 것 같다.

바로 책이 인쇄되어 나왔고 인기가 하늘로 솟았다. 거의 20년이나 청소년들과 일주일에 한 번씩 만나 직접 놀이실습을 거친 것이라 완벽했고, 신선했다. 세계놀이는 그 당시 우리나라에 다루는 강사가 없었다. 놀이를 아는 이도 별로 없었다. 많은 강사가 앞다투어 책을 사 갔다. 기관의 회장님들도 사가고 특히 도서관으로 많이 나갔다. 인터넷을 통해 외국에서도 사 간다. 전 세계를 막론하고 내 책이 세계놀이책으로 으뜸인 명저서, 아이들 놀이책이 되었다.

지금도 인터넷에 『정용옥의 세계놀이』하고 치면 제일 위에 탁! 나온다. 지구 위에 세계 어린이들이 다정하게 손잡고 있는 예쁜 표지이다. 강사들은 놀이 수업 때 내가 쓴 세계놀이책을 지침서로 쓴다. 세계놀이 강의 때 나는 교과서로 사용하고 있다.

문제는 300만 원짜리 노트북이 습기로 망가졌다. 다 좋은데 그것 한 가지 애석한 일이다. 목욕탕에서 사용했기 때문이었다. 사위가 환갑 생일날 크게 마음먹고 선물한 것이다. 아깝고 또 아깝다. 와이파이 연결이 안 되고 숫자가 안 된다. 아쉬운 대로 키보드만 따로 이어서 사용한다. 이제는 반신욕 할 때 노트북 사용은 절대 안 한다.
'물은 컴퓨터에 큰 적이다!' 단단히 깨달았다.

'뭐야? 아직 코로나가 안 끝났잖아?'
'그럼 우리나라 놀이도 정리할까?

금방 갈 줄 알았던 코로나가 안가니, 창고에 분류해서 넣어둔 상자를 다시 꺼냈다. 자료가 세계놀이에 두 배도 넘었다. 놀이 종류만 500가지가 넘는다. '정용옥의 놀이 대백과'라는 제목을 달았다. 버리지 않고 저장해 놓은 덕에 책 두 권이 세상 밖으로 나왔다. 우리나라 아이들과 놀이 강사들에게 크게 이바지한 것은 대만족이다.

'호랑이는 죽어서 가죽을 남기고 사람은 죽어서 이름을 남긴다.'라는 속담을 실천한 셈이다.

세계놀이는 2월에 『정용옥의 전래놀이 대백과』는 4월에 나란히 출간되었다. 인터넷 검색을 하면 기관과 학교에서 내 책의 놀이를 하는 영상을 많이 볼 수 있다. 세계적으로도 으뜸이고, 놀이 강사들에게는 더 없이 귀한 자료로 대대로 내려갈 것이다. 생각만 했던 일을 실천했더니, 세상에 조금이나마 이바지하게 되었다. 세상에 보탬이 되는 일은 나이의 많고 적음이 없는 듯하다.

3

준비된 자가 기회를 잡는다

'준비된 자가 기회를 잡는다.'라는 말이 있다.

준비는 세상 모든 일을 가능하게 한다. 성공한 사람들이 이구동성으로 말하는 성공의 조건은 '목표설정'이다. 목표를 설정하면 우선 계획을 세우고 노력할 것이다. 성공의 발판은 노력이다. 목표를 세우고 그것을 적어서 책상 앞에 붙인 사람과 붙이지 않은 사람은 성공률에서 크게 차이가 난다고 한다. 즉 목표를 책상 앞에 붙인 사람의 성공률은 90%이고 붙이지 않은 사람은 30%라는 이야기가 전해 내려온다.

잘 세운 계획은 실천했을 때, 100%의 성공을 안고 온다. 목표와 계획과 실천은 성공의 자녀이기 때문이다. 성공을 위해서는 끊임없이 자기 계발에 노력하고 자신의 능력을 향상하기 위해 노력해야 한다. 성공한 사람들은 하나같이 끊임없이 자기 계발에 노력한다. 언제나 긍정적인 태도를 유지하며 자신이 하는 일에 열정을 가지고, 최선을 다해 헌신한다. 지속적인 노력이 100% 성과를 만들어내기 때문이다.

목표설정에서 계획은 과도한 욕심을 담으면 오히려 탈이 난다. 자신을 들여다보고 실행 가능한 설정이 필요하다. 처음부터 크게 세우면 중도에 포기할 수도 있다. 계획을 세우는 데 많은 날짜를 소비하는 사람도 있다. 욕심 때문이다. 일단 작게 계획을 세우고, 실행하고, 다 이루었으면 더 세우면 된다. 적극적으로 실행하면서 하나씩 이루어 나가는 것이 중요하다. 여기에서 빼놓을 수 없는 것은 체력관리이다. 운동도 계획에 넣어서 주기적으로 행하는 것이 무엇보다도 중요하다. 혹시 감기라도 걸리면 수립한 계획에는 여지없이 차질이 생기기 때문이다.

코로나 19가 2년이 넘도록 이어질 때였다. 여전히 모든 강사의 발이 묶여 있다. 내 강의도 하나 둘 취소되더니 하나도 남김없이 모두 취소가 되었다. 나는 학습 계획을 세웠다. 동영상편집 기능을 예전부터 공부하고자 했는데 시간이 없어서 못 했다. 이번에는 사용법을 익히는 계획을 세웠다. 프로그램도 내려받고 온 정신을 동영상편집법을 익히는 데에만 전념했다. 강의는 안 나가지만 하루 시간이 몽땅 바빴다. 큰 노력을 한 끝에 학원에 가지 않아도 드디어 자유자재로 활용할 수 있게 되었다. 시작하면 무엇이든지 열심히 노력하는 내 성격의 장점이 모두 발휘된 셈이다. 강의를 못 가는 대신 여러 가지 기술을 익히고 시간을 유용하게 쓰니 좋았다.

해가 가도 코로나는 끝날 기미가 보이지 않았다. 다시 계획을 세워야 했다. 이제는 아예 밖의 활동을 보건복지부에서 막아놓았다. 집안에서 할 수 있는 일을 찾아야 했다. 독서계획을 다시 세웠다. 일주일에 한 권을 전자책으로 설정하고, 책 제목도 미리 목록으로 만들어 놨다. 코로나가 오래 갈듯하고 시간이 많아서 그리스 문학부터 다시 시작했다. 내 속의 망아지가 쿵쾅거리며 내게 계속 소리 지른다.

"그러지 말고, 공부해! 시작해!"

그때쯤, 캐나다 대학에 석사과정 제의받은 것을 실행에 옮겼다. 사실은 코로나가 금방 가겠지 하고 처음에는 거절했었다. 코로나로 캐나다에 가지 않고 '줌'으로 수업을 받았다. 6과목을 신청하고 대학원 공부를 수능 보는 고등학생처럼 했다. 모두 어렵다고 하는 구약개론은 나는 더 재미

있었다. 함께 수업을 받던 강사들은 교수님 강의가 어투까지 스트레스라고 했다. 그러나 나는 아무 문제가 없었다. 구약개론인데 그렇게 하시는 것이 당연하다고 생각했다. 하긴 고등학교 시절, 모두 잠만 자는 화학 시간에, 나만 재미있어서 열심히 선생님과 눈 맞추며 공부한 이력도 있다.

코로나는 참으로 끈질겼다. 석사과정을 마쳤는데 아직도 안 끝났다. 다시 용감하게 박사과정 절차를 밟았다. 혼자 연구하고, 혼자 탐구하고, 모두 혼자 하는 과정이다. 너무 어려웠고 자료도 많이 필요했다. 석사과정 때 매번 교수님을 '줌'으로 만나고 공부한 것이 훨씬 쉽다. 특히 논문 연구는 힘들고 어려웠다. 나는 코로나가 끝나기 전에 박사과정을 마쳐야만 했다. 한 학기를 더 할 수는 없다. 코로나가 끝나면 다시 강의를 나가야 하기도 했지만 1만 불의 등록금은 적은 금액이 아니기 때문이다. 책상 앞에 구호를 두 개 붙였다.

'목표는 반드시 실천한다. 돈을 아끼자!' 붙이고 보니 이런 구호는 전무후무한 구호인 것이 분명했다. 그러나 한 학기를 더 할 수는 없으니 '돈을 아끼자'는 구호가 더 확실했다.

밥 먹듯이 밤을 새우고 그 어렵다는 박사 논문을 완성했다. 밤을 새우려고 세운 것이 아니라 논문 쓰다 보면 어느새 새벽이 와 있었다. 마음을 굳게 먹고 나니, 서서히 길이 보이기 시작했다. 어렵게 논문을 완성하고,

교수님께 논문을 발송하고 나니 온몸이 사그라지는 것 같았다. 그대로 잠이 들어 10시간을 넘게 잤다. 내 생애에 있어서 가장 보람되고 힘든 여정이었고, 제일 맛있는 꿀잠이었다. 고마운 것은 남편이 내가 일어날 때까지 깨우지 않았다.

논문이 통과되고 오는 2023년 5월이면 박사과정 졸업이다. '하면 된다'는 말은 자신의 노력과 열정이 있는 한, 어떤 일이든지 해결할 수 있다는 긍정적인 메시지가 있다. 목표를 달성하기 위해서는 끊임없이 노력하고, 꾸준히 노력해야 한다는 강력한 지시의미도 담고 있다. 결국, '하면 된다'는 말은 '자신의 의지력이 있는 한, 노력으로 어떤 일이든지 해결할 수 있다.'와 직통한다. 코로나로 모든 사람의 발이 묶여 있을 때, 내 발은 활발히 움직였다. 코로나 덕에 석사과정, 박사과정을 완벽하게 마쳤고, 두 권의 책도 출간했다. '청소년 상담학' 출간도 5월로 내정되어있다.

코로나가 끝나진 않았지만, 내가 학업을 마치니 강의도 풀렸다. 요즘엔 멋지게 차려입고 강의를 나간다. 옴짝달싹 못 하는 코로나 상황이었지만, 내가 모든 걸 완성하니 코로나도 끝나고 강의 기회가 다시 찾아왔다. 나는 코로나 전보다 더 활발히 강의에 임한다. 내가 보기에도 코로나 속에서 엄청나게 개인적인 성장이 되었다. '박사 강사'가 된 것이다.

'준비된 자가 기회를 잡는다.'라는 명언은 75세 할머니에게도 통한다.

수련 ——

준비는 세상 모든 일을 가능하게 한다.

4

감투란 감투는 다 써봤다

'성과는 99%의 노력과 1%의 재능으로.'

'유지는 99%의 노력과 1%의 영감으로.'

'성공은 99%의 노력과 1%의 땀으로.'

사회생활을 하면서 내가 느꼈던 지론이다. 나는 여러 협회에 회장이라
는 감투를 많이 쓰고 있다. 회장을 하면서 얻은 별명도 많다. 그중 하나
가 불도저다. 감투는 써보니 별로 좋은 것은 아니다. 그래서 고려 시대에
귀족이 아니라 평민이 감투를 사용했나 보다.

요즘의 감투란 것은 벼슬하는 것을 말한다. 일반적으로 아이들이 반에서 회장이 된다든가, 어른들이 모임에서 회장이 되면 '감투 썼다'라고 한다. 또한, 감투는 크게 볼 때 나라의 장관이 되는 것도 '감투 썼다'라고 표현할 수 있다. 서민적으로 모임에 회장 감투를 쓰면 제일 먼저 하는 일이 밥 사는 일이다.

제주도에서는 겨울 방한모자를 감투라고 한다. 원래 감투는 예전 고려 우왕 시절에 머리에 쓰는 모자로 계급이 낮은 사람들이 착용했다. 그 당시는 감투가 아니고 감두라고 했다. 옛날 영화를 보면, 서민들이 솜을 넣은 모자를 쓴 것을 볼 수 있다. 그렇듯이 감투는 실제로 조선 시대에 평민이 방한용으로 사용했던 모자이다. 감투는 속담에도 한 구절이 있다. 권력 다툼을 이르는 말로 '오소리감투가 둘이다.'라는 것이다. 하나의 지위에 대장이 둘인 것을 뜻한다.

'자리가 사람을 만든다.'라고 한다. 감투를 쓰고 대장을 맡으면 새로운 감성을 터득하게 되는 장점이 있다. 회장이니 약속을 꼭 지키는 신뢰성이 몸에 배게 된다. 위치가 있으니, 말과 행동을 조심하게 되고 인간관계에 관한 공부는 저절로 된다. 나와 회원들 간의 말썽은 내가 대장이니 먼저 참는 훈련이 된다. 지혜롭게 해결하는 방법도 터득하게 된다. 회원과 회원의 트러블은 대장이니 중간에서 잘 완화해주어야 한다. 대화의 기술, 소통의 기술도 터득된다. 중재 역할을 잘하는 것은 인간관계 형성에 좋은 기반이다. 회장 감투를 쓰면, 쓸데없는 말이 줄어들고 점잖아진다.

나이가 들어도 꿈은 있다. 감투를 쓰고 사회생활을 하는 것과 그냥 하는 것은 꿈을 이루는 것에도 차이가 있다.

로버트 엘리엇이 내게 일러준 말이 있다. '피할 수 없으면 즐겨라.' 기막힌 명언이다. 나는 내 삶을 즐기는 편이다. 즐기면서 했을 뿐인데, 회장 감투가 줄줄이 있다. 처음엔 젊은이들이 노인이라고 무시하기도 했지만 노력하는 나에게 금방 대접이 달라졌다. 자연스럽게 성과도 따라왔다. 할 일이 많고 성과가 좋으면 감투에도 빛이 난다. 내 서재 벽에는 전국 구연대회 특별상, 법무부 지청장상, 검찰 총장상이 나를 격려하며 언제나 환하게 웃고 있다.

잊히지 않는 취임식이 있다. 회장이 되고 가장 번듯한 취임식이다. 강강술래단 창립 때의 일이다. 천사처럼 보이는 화려한 파티 한복을 입고 동해예술회관에서 취임식을 했다. 강강술래는 이순신 장군과도 연관된다. 강강술래의 숨은 뜻은 '경계하라'는 것이다. 임진왜란 때 적군의 수는 많고 우리의 병사는 적었다. 이순신 장군이 여자들을 밤에 불러 모았다. 크게 원을 만들어 손에 손 잡고 뛰기도 하고 걷기도 했다. 적군이 볼 때

병사가 훈련하는 것과 같게 만들었다. 군대 수가 많은 것처럼 보이게 하는 의미였다고 전해진다.

강강술래단 취임식이니 강강술래 시범 보이기를 식순에 넣었다. 기와 밟기는 어렵지만, 강강술래의 꽃이다. 창립식 중간에 16명이 고운 한복을 입고 그 시범을 멋지게 해냈다. 훌륭한 행사였고, 두고두고 자랑스러운 취임식 행사이다. 요즘 아이들 놀이에 '동대문 놀이'는 강강술래에서 나온 놀이다.

감투는 명예하고 같이 살지만, 욕하고도 같이 산다. 같이 사는 것이 아니라 아예 한 몸이다. 감투를 쓰면 싫은 소리 듣는 건 다반사다. 욕을 먹는 건 많은 일을 한다는 증거다. 욕은 일하는 사람만이 먹는 천하 특별식이다. 일을 안 하는 사람은 먹을 욕도 없다. 회장 감투를 쓰고 살다 보면 빨간 우체부가 이 특별식을 자주 배달한다.

나는 천하 특별식을 60부터 먹기 시작했다. 요즘도 감투 특별식을 맛나게 먹어치우며 꿈을 향해 도전한다. 욕 안 먹고 성과 없이 세상 마치느니, 욕먹어가며 성과도 내고 사는 것이 100번 낫다. 우리가 사는 세상은 멋지고 살아볼 만하다.

60에 세상 밖으로 나와 보니 모든 것이 눈부시게 아름답고 찬란하다.

할 일도 그득하다. 나이가 많다고 꿈이 없는 것은 아니다. 꿈을 세우고 도전하면 앞이 창창하다. 하나씩 이루는 재미 또한 쏠쏠하고 달콤하다. 가슴 뛰는 삶을 만드는 것은 오로지 자신에게 달려 있다.

60은 생각하는 것보다 훨씬 젊다.

그렇다. 나는 아직도 꿈을 향해 달려가는 꿈쟁이 할머니다.

5

아버지, 저도 이제
60이 넘었어요

　아버지는 돌아가신 후, 큰 동산을 집 삼아 돌아가신 어머니와 둘이서 통째로 쓰신다. 산소로 향하는 길은 자동차도 다닐 만큼 넓고 파란 잔디로 잘 꾸며져 있다. 산소에 앉아 있으면 동네가 훤히 보이고 가슴이 시원하다. 살아계실 때도 자주 찾아뵙지 못했지만 돌아가신 후로도 역시 자주 산소에 오지 못한다. A로 가득한 석사 성적표를 들고 아버지를 뵈러 갔다. 술 한잔을 올리고 아버지와 참으로 오랜만에 다정히 마주 앉았다.

　어릴 때 아버지는 여러 자식 중에 유독 나에게만 이런저런 이야기를 많이 해주셨다. 사람의 행실에 관한 이야기, 인격에 관한 이야기를 주로 하셨다. 잘 사는 방법에 관한 철학적인 말씀도 있으셨다. 그 옛날 기독교 선교사가 세운, 당시의 우리나라 최초의 대학부를 나오셔서인지 봉사에 관한 이야기도 항상 섞여 있었다. 고종 22년에 세운 배재학당은 아버지의 사상을 초현대적으로 바꾸어 놓은 것 같다. 교육적으로 여러 시간 해주신 것이 아니라, 가볍게 지나가는 말로 간간이 해 주셨다. 내가 활동적이어서 그런지 '늘 겸손하라'고 하셨다. 나는 아버지로부터 정통적인 봉사와 교양을 이어받았고 묵묵한 참을성을 배웠다. 그 참을성이 평생 나를 잡아두었다.

시집와서 나이 60이 되도록 아이들 뒷바라지에 여념이 없었다. 나를 아는 사람들은 나에게 '나이에 비해 세상 물정 모른다.'라는 소리를 한다. 세상 물정에 어두운 것은 안에서만 살아서 찌들지 않은 탓도 있을 것이다. 또한, 어릴 때 가정교육도 한몫한 것이다.

우리나라 교육이 서당에서 이루어질 때, 만석꾼인 할아버지는 아버지를 서울로 보내 신교육을 받게 하셨다. 아버지가 공부하신 곳은 고종 22년 선교사가 세운 기독교 학교이니 기독교 영향이 많으셨다. 나는 아버지가 자랑스럽다. 그 옛날 배재학당의 대학부를 졸업하신 것은 우리나라에서 단 6명뿐이다. 신라호텔에서 아버지를 초청한 적도 있었다. 6명모두에게 초청장을 보냈는데 아버지를 포함해서 3명이 참석했다고 아버지를 모시고 다녀온 오라버니에게 들은 적이 있다. 우리나라에서 가장

상위의 교육을 받으시고도 항상 겸손하시고 점잖으셨다. 그 겸손이 그대로 나에게 전수된 것이다. 봉사를 강조하신 아버지 말씀 중에 잊히지 않는 것이 있다.

"상대에게 내가 할 일만 해라. 상대가 나를 대하는 것은 그 사람 몫이다."

우리는 살면서 '눈에는 눈 귀에는 귀'란 행동을 하게 된다. 나에게 나쁜 일을 한 사람에게는 그대로 갚아주라는 의미다. 그런 속담과는 반대로, 아버지는 다른 말을 하셨다. 상대방이 어떻게 하든 나는 내가 해야 할 도리만 하면 된다는 것이다. 그 말씀은 항상 나 자신을 정돈하고 뒤로 한발 물러나게 했다. 그렇게 살다 보니 손해 보는 일도 가끔 일어난다. 억울한 일이 생겼을 때, 소리 높여 싸울 줄도 모른다. 그뿐만 아니라 기를 쓰고 밝힐 줄도 모른다. 정당하니 저절로 풀리는 것도 있고, 영원히 누명을 쓴 일도 많다. 시집와서 착실하게 가게 일에만 열중하면서 젊은 날을 보냈다. 60이 되고 인생을 뒤돌아보니 아버지의 교훈이 내 성격에 영향을 많이 미친 듯하다.

아버지의 교육 외에 봉사 정신을 일깨워준 또 하나의 계기가 있었다. 어느 해 서울 다녀올 때 일이다. 고등학교 교장 선생님과 같은 자리에 앉게 되었다. 동해까지는 3시간이 넘게 걸리니 이런 얘기 저런 얘기 나누게 되었다. 교장 선생님 이야기는 충격적이었다. 사모님께서는 고등학생 두 명의 학비를 지원하기 위해서 목욕탕 때밀이 아르바이트하신다고 한다. 당시 나는 월드비전을 통해서 인도 어린이 돕기 후원에 참여하고 있었다. 아버지의 영향으로 늘 봉사하면서 살지만, 가진 돈으로 하는 나의 봉사는 사모님의 봉사와는 차원이 달랐다.

봉사는 남을 도와주는 것이지만 자신의 자아 건강을 북돋는 일도 된다. 사람은 사는 동안 항상 스트레스를 접한다. 의학적으로 볼 때, 좋은 일을 하면 많은 스트레스를 없애준다. 옥시토신과 프로테스트론 호르몬이 분비되는 것이다.

세상에는 어려운 이웃이 너무나 많다. 물조차도 없어서 못 먹는 인도의 이야기를 듣고 곧바로 해외 봉사에 참여했다. 어린이 한 명을 선택해서 매달 1:1로 지원금을 보내고, 우물 봉사에 찬조금을 보냈다. 아버지의 가정교육으로 나는 겸손한 천사표다. '오른손이 하는 일을 왼손이 모르게 하라.' 입은 닫고 지갑은 여는 사랑을 실천했다. 항상 봉사하며 살아야 한다는 아버지의 기독교적인 교훈은 지금도 내 가슴속에 남아 있다.

봉사는 쓰고 남는 돈으로 하는 것이 아니다. 매달 생활비처럼 일정한 금액을 정기지출로 잡아놔야 한다. 큰 금액이 아니어도 괜찮다. 적은 금액이라도 꾸준히 봉사하며 사는 습관은 인류의 평화에 동참하는 일이기도 하다. 월드비전 봉사하면서 해외잡지가 다달이 배달되었다. 아마도 봉사하는 내 두뇌는 그때 더 향상되었는지도 모른다.

파란 잔디 위에 산소에서 아버지와 마주하고 앉으니 옛 생각이 하염없이 이어진다. 얼른 소주 한잔을 다시 올렸다.

"아버지! 이제 저도 60이 넘었어요."

"…."

"아버지께서 제게 바라신 것은 무엇이었나요?."

"…."

예전엔 성적표를 보여드리면 '참 잘했구나.' 하시며 도장을 호호 불어서 꾹꾹 찍어주셨건만, 오늘은 아무리 기다려도 '참 잘했다'라는 말씀도 없으시고 도장도 찍어주시지 않는다. 아버지의 교훈으로 나는 평생 반듯하고, 성실하게, 그리고 겸손하게 살도록 노력했다. 아버지께 술 한잔을 더 따라 올리고, 나도 소주 한잔을 가만히 들이켰다. 아버지 생전에 고개를 안 돌려도 된다는 약속을 받은 터이니 그냥 아버지를 보면서 마셨다. 그 약속은 6남매 중 오직 나만 받은 약속이다. 큰 오라버니도 고개를 옆으로 돌리고 아버지가 주시는 술을 마셨다. 도장 없는 성적표를 아버지 옆에 잘 접어 두고 나는 산소를 내려왔다.

6

나이가 많다고
꿈이 없는 것은 아니다

'젊어서 하는 공부는 나를 위한 공부이고 늙어서 하는 공부는 나를 버리는 공부이다.' 공자는 이렇게 말씀하셨다. 세월이 변하니 공자님 말씀도 이제는 안 맞는 것 같다. 학문을 익히는 것은 마음의 수양도 된다. 나이 들어서 하는 공부가 나를 버리는 데 일조를 하는 것은 사실이다. 그러나 나를 버리는 것보다 나를 위하는 공부가 더 많이 되고 있다. 석사과정 박사과정을 모두 70대에 하고 있다. 나는 열심히 공부만 했을 뿐이다. 내가 바란 건 아닌데, 저절로 나를 위하는 데 쓰이고 있다.

50에는 자식들 대학교 뒷바라지하느라 아주 바빴다. 60이 되니 혼사 일로 역시 바쁜 나날이었다. 결혼만 시키면 한가할 줄 알았더니, 줄줄이 일이 더 많아졌다. 엄마가 된 딸은 툭하면 손주를 맡기러 온다. 그 바람에 더 바쁘게 살아야 했다. 아마도 손주의 진자리 마른자리 갈아 주는 건 딸보다도 내가 더 많이 한 것 같다. 옛날엔 할미를 엄마로 알더니만, 유수 같은 세월 속에 그 손주가 벌써 대학생이다. 70이 되니 폭풍 후처럼 주위가 조용했다. 나는 얼른 틈새에 책을 끼고 앉았다. 주경야독, 개미처럼 석사과정을 마치고, 박사 논문도 무난히 통과시켰다. 김형석 박사님 말씀처럼 나에게도 인생의 황금기가 70대가 맞다.

나이 들어서 공부가 안 될 줄 알았다. 머리에 들어가지 않을 줄 알았다. 교수님 진도를 따라갈 수 있을까? 많이 걱정하면서 시작했는데 괜한 걱정이었다. 70이 되면 머리가 더 좋아지는 건가? 공부는 순탄하게 이어졌고 과목 리포트도 남보다 빨리 제출했다. 분명히 10대 고등학교시절 공부하듯이 머리에 쏙쏙 잘 들어갔다. 나이 들어서 하는 공부가 진짜 공부인 듯하다.

"정 여사, 박사 공부 시작했다며?"

"응, 뭐 시간이 좀 되길래…."

"하다 보면 80되겠네, 그건 해서 뭐해, 치우고 놀러나 다니자고."

"무슨 80까지, 다했어, 5월이면 졸업이야."

"어제 중학교에서 나오는 거 봤어, 거긴 왜?"

"봤어? 부르지 그랬어."

"됐거든, 나 삐졌어, 몇 번 봤어, 코앞이 우리 집인데 그냥 가더라고."

"에구 그랬나? 미안, 바빠서…."

나는 70이 넘었지만, 중학교에 음주 흡연 예방 강의와 폭력, 성폭력 예방 강의를 한다.

어디 그뿐인가 우리나라를 지키는 군부대에도 폭력, 성폭력 예방 강의를 맡아서 한다. 이 나이에 강사를 한다고 하면 여지없이 눈을 흘기며, '천 년을 살 거냐, 만 년을 살 거냐.' 할 것이다. 그런 말이 싫어서 강의한다는 말도 박사과정 한다는 말도 주변에 하지 않았다.

생각의 차이는 다양한 방식으로 삶에 나타난다. 어떤 것을 선택하느냐에 따라서 각자의 인생길이 달라진다. '무슨 일이든 때가 있다.'라는 말도 지금 시대에는 맞지 않는다. '모든 일에는 때가 없다. 노력하면 된다.'라는 말이 더 잘 어울린다. 기회는 항상 우리 주위에 있다. 잡으려고 노력하면 저절로 와서 안긴다.

'내일 지구가 멸망한다 해도 나는 한 그루의 사과나무를 심겠다.'

내 성격에 딱 맞는 영국 속담이다. 나이 들어 공부해서 그런지, 내일 지구가 멸망해도 후회가 없다. 70이 넘어도 멋지게 차려입고 기관에 강의를 나가니 이 얼마나 좋은가? 할머니 호칭에 익숙한데 선생님이라 불러주니 그 또한 고맙다. 이제는 호칭이 선생님을 넘어서 박사님이다. 내가 익힌 것을 나누어 주니 보람되고 행복하다. 배운 것을 펼칠 수 있다는 것은 굉장한 행운이다. 삶의 앞을 재지 않고 영원히 살 것처럼 공부하는 나의 지혜를 나는 극찬한다.

옛날 초등학교 때 봄 소풍 가면 보물찾기라는 프로그램을 항상 했다. 돌 밑, 나뭇잎 속, 나뭇가지 등에 상품을 적은 종이가 있다. 선생님께서 미리 가셔서 숨겨놓으시고 점심 먹기 전에 행사한다. 돌을 들어보았을 때 보물이 적힌 종이가 나오면 너무 좋아 기절할 듯이 큰소리를 지른다. 70대의 나는 소풍 온 초등학생 같다. 들추는 곳마다 보물이 나온다. 나는 눈치 보지 않고 환호성도 지른다.

지금 그 일을 해서 뭐 하나? 이런 생각만 안 하면 누구든지 무엇이나 다 이룰 수 있다. 누구나 꿈을 품고 도전하면 종국에는 이루어진다. 시작하지 않으면 당연히 이룰 것도 없다. 적어도 보물을 찾을 장소까지는 가야 돌이라도 들춰볼 것이다.

이제는 나이가 있으니 동갑내기 모임에 가면 모두 귀티가 줄줄 난다. 돈도 있고 시간도 있으니, 한껏 모양내고 맛난 거 먹으러 다닌다. 나는 꼭 사감 선생님 같다. 유일하게 나만 수수하다.

아무렴 어떠하리….

나는 내가 좋다. 공부하랴, 강의하랴, 젊은 사람보다 더 가슴 뛰는 삶을 산다.

나이가 많다고 꿈이 없는 것은 아니다. 나이 들어서 하는 공부가 진짜! 진짜! 공부다.

7

노력하는 사람에게
시작은 완성이다

"안된다고? 해보기는 했어?"

나의 삶의 멘토이신 정주영 회장님이 늘 하시던 말씀이다. 회장님은
우리가 배고픔에 허덕일 때 서해안을 막아 농경지를 만들 계획을 세우고
착수했다. 1984년 바다를 메워 농토로 바꾸는 과정에서 아무리 막아도
물길이 세서 안 되니 모두 포기하자고 제의했다. 그때에도 '안 된다고?'
'일단 해보자!' 늘 하시는 말씀으로 밀어붙였다. 해체해서 철물을 사용하
려고 30억에 사온 폐처리된 유조선으로 물길을 막고 둑을 만드는 데 성

공했다. 290억의 공사비도 절약하고 드디어 4,700만 평, 50만 섬의 쌀을 생산하는 간척지를 만들었다. 세계적으로 유명한 사건이다. 대단한 일이다. 나는 정주영 회장님의 인생철학을 존중한다. 어려울 때 나는 항상 따라 했다. '해보자! 해보는 거야!'

첫아이를 초등학교에 입학시키고 늘 마음에 두었던 대학 공부를 시작했다. 집에서 할 수 있는 방송통신대를 선택했다. 모두 어렵다고 말한다. 졸업하기가 하늘의 별 따기란다. 그러나 일반대학은 갈 수 있는 시간이 없는 처지였다. 통신대학은 가게 일을 하면서도 할 수 있을 것 같았다. 입학 서류 중에 졸업증명서와 성적증명서는 필수 조항이다.

"여보세요, ○○기 졸업생인데요, 증명서를 보내주실 수 있나요?"
"네, 주소를 불러주세요"
예전에 졸업한 고등학교 행정실에서 순순히 전화를 받는다.

제천여고를 졸업했는데 제천에 가야만 떼올 수 있는 줄 알았다. 반신반의하며 걸어본 건데 선뜻 주소를 대란다. 며칠 후 속사포처럼 졸업증명서와 성적증명서가 도착했다. 참 신기했다. 얼른 챙겨서 시내에 있는 통신대학 사무실로 갔다.

"이거면 되는 건가요?"

"전무후무한 분이 오셨군요."

"네?"

"수능 1등급 입학생은 처음입니다."

고등학교 성적증명서에 수능 1등급이 딱 매겨져 있었다.

예전에는 학력고사였는데 현재 상황에 맞추어 발급해 준 모양이었다. 입학 시에 대학에서 수능의 급수를 보기 때문으로 여겨진다.

고등학교 때에 수학 선생님은 늘 내 시험답안에 신경을 쓰신다. 학기 말 시험에 혹시 내가 문제 하나 틀리면 선생님은 답안을 보시고 얼른 다시 풀어 보신다.

"이놈아, 네가 틀렸잖아."

선생님이 틀리고 내가 맞을 때도 가끔 있다. 그런데 선생님이 틀리면 그냥 넘어가고 내가 틀리면 꼭 검은 커다란 출석부로 내 머리를 한 대 때리신다. 우습게도 머리를 한 대 맞고 나면 그 문제가 술술 풀렸다. 그 당시에도 친구들은 선생님께 과외수업 지도를 받았다. 나는 수학이 제일 쉬운 과목이었다. 공부하지 않아도 되는 과목이 바로 수학이었다. 수업

시간에 선생님이 풀어주시는 것만 잘 복습하면 더 공부할 것이 없는 것이 수학이다. 수학에는 공식이 있는데 그것만은 반드시 외워야 한다. 그래야만 공식에 대입해서 문제를 풀어야 하기 때문이다. 그런데 친구들을 보면 그 공식을 외우지 않는다. 아주 열심히 공부한 과목이 영어였는데 아직도 회화는 못 한다.

지금은 핸드폰 알림을 분마다 설정해놓으면 시간만 되면 몇 건이어도 울리니 편하다. 핸드폰이 없던 시절이니 자명종 시계를 여러 개 사는 수밖에 다른 방법이 없다. 시계를 4개를 샀다. 10분 주기로 모두 차례로 맞추었다. 새벽 3시 반이 되자 온통 난리다. 하나가 울려서 그냥 자면 잠시 후 다른 게 '따르릉, 따르릉~' 그래도 그냥 자면 또 다른 게 울린다. 안 일어날 수가 없다. 내 인생에서는 자명종이 성공의 열쇠이고 스승님이다. 자명종이 울릴 때 나에게는 여러 기적이 일어난다.

통신대에 입학할 때 법학과에 40여 명 넘게 지원서를 냈다. 그런데 어려워서인지 떨어져 나가는 사람이 가면 갈수록 늘었다.

처음 중간학기 시험은 도청소재지인 춘천에서 있었다. 시험은 아침 일찍 시작되고 그 시간에 도착하는 버스는 없다. 전날 가야 한다. 춘천까지 차를 몰고는 갔는데 혼자 모텔에 들어가려니 영 어색하고 겁도 났다. 하는 수 없이 차에서 잤는데 시동을 밤새 켤 수도 없고 얼마나 추운지 얼어 죽는 줄 알았다. 다행히 성적이 과락 없이 잘 나왔다.

기말고사도 역시 모텔은 못 가고 차에서 밤을 보냈다. 한번 혼이 난 터라 이불을 차에 싣고 갔는데 춘천이 워낙 추워서인지 이불이 있어도 얼어 죽을 뻔했다. 몇 년을 그렇게 다니고 드디어 졸업했다. 법학과는 40명 중에서 나를 포함해서 3명이 졸업했다.

'따르릉! 따르릉!' 방송통신대학교 법학과를 졸업한 것은 3시 반 '자명종'의 기적이다.

나의 멘토 정주영 회장님의 '해보자' 한가지 신념으로 밀어붙이며 대학 공부를 시작했다. 시작이 반이라는 말처럼 시작하니 노력하게 되었고, 졸업장을 받을 수 있게 되었다. 지금 생각해도 현명한 생각이고 실천이었다. 60세를 넘어 세상 밖으로 나왔을 때, 젊은 시절 미리 해둔 대학공부는 단단한 초석 역할을 했다. 학습은 끈기와 열정이 필요하다. 가다 보면 부딪히는 자신의 한계를 덤덤히 잘 견디고 넘어야 한다. 보통 중도에 하차하는 경우가 견디고 넘고를 못해서이다. 더불어 목표를 세우고 지키는 마음도 절대로 필요하다. 이러한 자기완성은 우리의 인생에 풍요로움을 듬뿍 가져온다. 고난을 이겨내면 행복은 오게 되어 있다. 어려운 대학 공부를 중간에 포기했다면 당연히 석사, 박사과정도 하지 못했을 것이다. 열심히 노력하는 사람에게는 시작이 반이 아니다. 시작은 완성이다.

8

할머니 박사 나가신다,
길을 비켜라

전국이 좁다 하고 강의를 다니다가 코로나 19로 강의가 삽시간에 막혔다. 가능한 한 집에 있어야 한다. 모임도 안 되고 어디에도 갈 수 없게 되었다. 늘 강의를 나가다가 집에 갇히니 여간 답답한 것이 아니었다. 주섬주섬 읽을 책들을 수북이 챙겨서 매일 들어앉아 책 읽는 것이 하루의 일과가 되었다. 정약용 선생님이 목민심서를 비롯한 500권이나 넘는 책을 귀양지에서 쓴 것이 이해가 간다. 시간이 많아져서 이 책 저 책 마음대로 읽을 수 있어서 그거 한 가지는 좋았다. 그러나, 그래도 시간이 남아돌았다.

"회장님! 요즘 어떻게 지내세요?"

오랜만에 지인의 전화가 왔다. 네 사람이 함께 캐나다에 있는 대학원 석사과정을 하기로 했는데 같이하자고 한다. 코로나로 강의를 못 나가니 공부나 하자는 이야기다. 외국 학생은 '줌'으로 공부를 한다는 것이다. 학교에 갈 틈이 나지 않던 나에게는 반가운 기회였다.

'그래 강의도 막혀서 못 나가니 시간 있을 때 나도 해 봐야겠다.'

캐나다 대학으로 등록금을 보냈다. 내가 송금하는 수수료는 당연히 내가 내는데 대학에서 받는 수수료도 내가 내야 한다. 도서관은 이용할 일이 없을 듯한데 그것도 부치라고 하고, '줌'으로 공부하니 필요 없을 듯한 학생회비도 내란다. 이것저것 송금할 액수가 제법 컸다.

'우리나라에서 하면 나이 많으면 15% 감액도 하는데….'

줌으로 수업이 시작되었다. 석사과정은 학 과목이 적을 줄 알았는데 학사과정처럼 6과목이었다. 무엇이든 시작하면 옆도 뒤도 안 보고 매진하는 성격이다. 리포트도 과제물도 항상 1등으로 제출했다. 학기 과제, 연말 과제, 모두 통과했다. 한 학기 성적이 나왔는데 최고의 학점이었다.

'AAAAAB' 기분이 날아갈 듯했는데, 'B' 하나 때문에 영 마음이 걸렸다.

어느새 1년이 후딱 갔다. 해마다 하는 것도 아니고 이번만 하면 졸업이니 더 열심히 노력했다. 시간을 가능하면 아껴가며 학업에만 힘썼다. 70세의 할머니가 밤새는 줄 모르고 꼭 대학에 입학하는 고등학생처럼 열심히 공부했다. 아니, 사법고시 보는 사람처럼 공부했다. 사람에겐 의지가 중요하다. 열심히 하고 나니, 다음 성적표엔 B는 없었다.

'천재는 98%가 노력이다.'
'암! 콩 심은 데 콩 나고 팥 심은 데 팥 나고! 맞네.'
'우와~ 전부 AAAAAA이구나!'

석사과정을 다 마쳤는데도 코로나는 여전히 끝나지 않았다. 코로나 덕에 강의가 없어서 오히려 공부에 매진할 수 있었는지도 모른다. 함께 등록한 4명의 지인은 모두 중도에 탈락했다. 솔직히 과정이 어렵기는 했다. 졸업 학기 때에는 혼자 남아 낙동강 오리알 같았다. 나이가 많아서 못할 듯했는데 최고 성적으로 끝까지 완주하다니…. 감회가 새로웠다.

코로나는 끝날 기미가 안 보였고 강의는 들어오지 않았다. 내친 김에 박사과정도 등록했다. 박사과정은 연구 과정이라 전문도서와 학술연구지를 많이 참고했다. 논문은 상당히 어려웠다. 석사과정 6과목 할 때는 과목마다 교수님이 계신 것이 부러울 정도였다. 박사과정은 홀로 책과의 고독한 전쟁이었다.

쉽게 마칠 수 있었던 것은 석사과정 수업하면서 바로 논문 준비를 같이 시작했다. 그 덕에 다른 사람은 논문을 준비할 때 나는 제출할 수 있었다. 박사 등록 후에는 '상담 책'을 같이 쓰기 시작했기 때문이다. 박사과정 논문이 통과되자 그간 써놓았던 원고를 정리해서 출판사에 넘겼다. 곧 『청소년 상담과 청소년의 이해』가 출간되어 나올 예정이다. 지금은 『폭행 청소년 범죄예방』을 정리하고 있다. 아마도 5월 박사 졸업과 동시에 출간될 듯하다.

'고진감래(苦盡甘來)'라는 말은 나에게 아주 적당한 언어이다. 각고(刻苦) 끝에 5월이면 박사학위를 수여한다. 올해로 한 살 더 먹어서 75세가 되었다. '배우지 않으면 지혜가 없고 지혜가 없으면 어리석다고 했던가?'

혼자 힘으로 당당히 '70 넘은 할머니 박사'가 된 것이다. 더불어 청소년을 위한 '두 권의 책, 저자'로도 함께 탄생이다. 나이가 들어도 꿈은 이루어진다.

9

가면 오고 오면 가는
응당의 법칙

인생은 현명하게 살아야 대접도 받는다. 세상 진리에는 가면 오고, 오면 가고, 안 보이지만 응당한 법칙이 있다. 삶에는 어울리는 법칙이 있다. 모든 사람은 가족과 뭉쳐서 산다. 또 이웃과 친구와 어울리며 산다. 친구가 주는 호의는 받고 나중에 답례하면 된다. 이렇게 사는 것이 인생이다. 여기에 법칙과 상관없이 예외도 있다. 부모가 자식에게만은 영원히 무상이다. 진자리 마른자리 다 갈아서 키우지만, 부모는 일찌감치 모두 잊어버린다. 그러나 자식이 부모를 향하는 것은 무상이 아니다. 자식은 부모님께 평생 준수해야 하는 법칙이 있으니 그것은 바로 효도라고 생각한다.

인생은 더불어 공동체로 산다. 가끔 뉴스 보도에 나오는 예가 있다. 죽은 지 일주일, 혹은 한 달 만에 발견되는 일이다. 독불장군처럼 내 떡 내가 먹고 네 떡 네가 먹고, 따로따로 지내면 편할 것 같지만, 세상에서 제일 무서운 외로움과 친구가 된다. 이웃과 친하고 식구와 친함이 있었다면 그런 일은 일어나지 않았을 것이다. 함께 어울리며 살아야 당연히 고독하지 않다.

젊을 때는 직장에서 열심히 일하니 늘 주위에 사람이 많다. 자주 어울릴 자리도 많다. 그러나 나이가 많이 들면 그때는 이웃과 식구들과의 관계만 존재한다. 나이가 좀 더 들면 이웃도 멀어지고 자식뿐이다. 자식하고도 어느 날 갑자기 친해질 수는 없다. 자식이 어릴 적부터 친함을 미리미리 유지해야 한다. 인생을 잘 살아가는 꽃은 가정에서 싹이 튼다. 좋은 가정이 모든 것의 기본이 된다.

세상일은 같은 무게로 움직인다. 10kg이 가면 정확하게 10kg이 온다. 이웃에게도, 친구에게도 식구에게도 해당하는 진리이다.

늘 무뚝뚝한 남편과 빼쪽빼쪽한 딸은 지금도 친구처럼 잘도 지낸다. 어느 날 딸이 외출해서는 안 들어오고 있었다. 딸을 기다리던 남편은 자정이 넘자 아예 현관 앞에 진 치고 섰다. 거의 1시가 되어 딸그락 대문 따는 소리와 함께 살그머니 딸아이가 들어섰다.

"짱구! 지금 몇 신줄 알아? 왜 한밤중에 나가 돌아다니는 거야?"

남편이 목청 높여 소리쳤다. 살금살금 들어오던 딸애는 깜짝 놀라더니 이내 갑자기 어깨 펴고 섰다. 그리고는 만면에 웃음 짓더니 어리광 부리며 말했다.

"아빠! 나 밤에 안 나갔거든. 아침부터 나갔거든."

기가 막힌 남편은 아무 말 못 하고 방으로 퇴진했다. 그리고는 애매한 TV 채널만 이리저리 팍팍 돌린다.

그로부터 며칠 후 고도리로 밤새 나가 놀던 아빠가 새벽에 들어왔다. 마침 아침 먹으려고 2층에서 내려오던 딸아이와 딱 마주쳤다.

"아빠! 지금이 몇 시인 줄 알아?

"와~!, 너무 일찍 들어왔네. 6시잖아! 네 친구 아빠 중 이렇게 일찍 들어오는 아빠는 아마도 없을걸"

남편이 너스레 떨자 딸아이는 입을 삐죽이 내밀고 주방으로 들어갔다. 남편은 애들처럼 룰루랄라 휘파람 불며 안방으로 들어가 문을 '쾅'하고 닫았다.

"어서 밥 먹고 학교가. 늦겠다."

오면 가고, 가면 오고, 티격태격하면서 잘도 지낸다. 나는 원래 바가지 안 긁는 성격이긴 하지만. 둘이 이러는 통에 밤새우고 남편이 들어와도 바가지 긁을 새가 더욱 없다.

젊은 날에 골프로 쟁쟁하게 날리던 남편도 70을 훌쩍 넘었다. 노인들이 다 그러하듯 나이 들어가니 건강도 쇠퇴하여 간다. 좋아하던 골프도 몇 년 전에 그만두었다. 모임을 안 하니 그렇게 많던 친구도, 이웃도, 같이 사라졌다. 요즘은 나이 들어서인지 아무도 오는 친구가 없다. 늘 혼자다. 노인이 된 남편의 일과는 오로지 TV 보는 것이 낙이다. 종일 말 한마디 안 하고 하루가 가기도 한다.

확실히 나이 들으니 가족뿐인 듯하다. 말 상대가 그저 자식이다. 말을 건네는 것도 자식, 외식해도 자식뿐이다. 나이 들어 자식들마저 무뚝뚝하다면 어쩔 뻔했는가? 옛날 옛적에 미리미리 자식들과 친함을 유지해 온 남편이 새삼 고맙다.

친함을 확보하는 비결이 있다. 토요일, 일요일, 아이들 어릴 때, 산으로 들로 놀러가는 것이 최고의 단합이다. 친함이 이루어진 관계에서 자식은 부모가 100세를 넘어가도 친구처럼 친하게 지낼 수 있다.

세상 모든 관계에서 가족은 제일 소중한 관계이다. 틈만 나면 여행 다니며 쌓은 추억들이 한 아름이다. 떨어져 있으면 한없이 그립고 보고 싶다. 아빠가 귀가 안 들려도 딸은 그저 아빠만 보면 재잘재잘한다. 알아듣는지, 못 알아듣는지, 딸만 보면 좋아서 입이 귀에 걸린다. 오래된 친함이 진국이 되어 새록새록 올라온다. 내 것도 네 것이고 네 것도 내 것인 관계가 가족이라는 관계이다.

노인이 되고 남편은 이제 몸이 많이 불편하다. 그러나 남편은 외롭지 않다. 아들과 딸은 여전히 아빠와는 친구 사이다. 나이 들고 적적한 남편에게 친구 같은 자식들은 참으로 고맙다.

동해시에는 유명한 덕취원이란 중국집이 있다. 잡탕밥을 좋아하는 아빠를 위해 아들은 '아빠 점심 먹으러 가요.' 하며 자주 전화를 한다. 늘 책속에 묻혀 지내는 나도, 할 수 없이 남편을 차에 태우고, 덕취원으로 시간 맞추어 아들 만나러 가야 한다. 고마워서 얼른 OK한다.

아들은 오늘 한 수 더 뜬다.

"아빠 매달 끝 주 망상 리조트에 가서 살까요?"

"집이 코앞인데 집 놔두고 리조트엔 왜 가서 자누?"

"아빠, 다른 사람들은 몇 시간 운전해서 오는데 우리는 코앞이니 더 좋지요."

"허허."

부자유친(父子有親)의 위력은 대단하다. 미리미리 쌓아 놓은 정이 이제는 망상 리조트에 안착했다.

장미 가족 ——

세상 모든 관계에서 가족은 제일 소중한 관계이다. 떨어져 있으면 한없이 그립고 보고 싶다.

제5장

나이가 들어도
우리 인생에
꽃은 핀다

1

75세 최고령 교육청 강사

"따르릉."

전화가 요란히 울린다.

"자료도 주시나요?"

"강의자료는 그대로 드리지는 못하고 따로 준비하겠습니다."

"학생들 지도에 써야 하니 자세한 자료 주시면 감사하겠습니다."

교육청에서 걸려 온 전화다. 초, 중, 고등학교 선생님들 흡연 예방 강연을 해 달라는 것이다. 기관에 강연하러 가면 수업한 자료를 원한다. 그러나 그것으로 전국에 강연을 다녀야 하니 따로 선생님들이 학생지도에 필요한 자료를 드린다. 대부분 기관에서는 강의한 그 자료를 그대로 달라시는 경우가 많다. 자료를 세심히 검토해서 PPT 파일을 작성하고 선생님들께 드릴 자료도 USB에 담고 철저히 준비한다. 그러자니 밤이 이슥하도록 첨부하고 빼고 컴퓨터 작업을 한다.

흡연 예방 강연을 할 때는 기본 기기들을 모두 가지고 간다. 꺼내고 싣고는 내 사무실 앞이니 문제가 아니다. 문제는 기기들의 양이 꽤 되어, 기관에 도착해서 강의장까지 옮기는 일이 버겁다. 어쩔까 망설이다가 모두 꺼내서 실었다. 아직은 혈기 왕성을 과시해 본다. 사무실에서는 다 챙긴다고 하는데 기관에 도착하면 꼭 빼놓고 안 가지고 가는 것이 하나씩 있다. 찬찬히 확인해가며 모두 실었다.

"빨리 갔다 와."

남편은 오늘도 역시 한 걱정이다. 이유인즉슨 나이가 많다는 것이다. 더 잘라 말하면 이제 그만하라는 이야기가 된다. 그러나 나는 건강이 허락되는 한 할 작정이다.

나이가 많은 것은 자랑도 아니지만, 뒷방에만 있을 필요는 없다. 거꾸로 생각해 보면 그만큼 해박한 전문지식이 있다는 해석도 나올 수 있다. 성현의 말씀을 가슴에 안고 오래 살면, 나이 들어서는 마음이 법이다. 살아온 세월이 있으니 식견도 넓다. 학문을 깊이 있게 알면 세상 이치에도 자연히 밝다. 지식은 늙지도 변하지도 않는다. 오히려 높게 가지를 뻗고 뿌리를 깊게 내린다. 젊은 날에 열심히 읽어둔 책들이 강의하는 데 감칠 맛이 살아나게 한다. 나이가 많은 것은 오히려 강연에 도움을 준다. 이론은 물론이고 실전이 풍부하기 때문이다. 남편은 늘 나이 걱정을 하지만, 나는 당당하게 강의에 임한다. 누구나 나이는 먹는다. 흠이 아니다. 강의 후에 모두 힘껏 쳐주는 박수를 나는 좋아한다.

강의는 보통 부드럽게 한다. 손 유희도 중간에 넣고, 난센스 문제도 풀어가면서 즐겁게 한다. 그렇게 하면 모두 잘 집중한다. 시간이 넉넉하면 흡연 예방과 치료에 도움이 되는 도형 심리도 한다. 도형 심리란 도형과 기질론을 접목한 심리상담의 한 기법으로 도형 그리기를 통해 개인의 기질과 성격, 적성, 심리 상태를 파악하여 진로상담. 성격 보완, 및 잠재력 개발에 활용할 수 있는 기법이다.

도형 심리를 통한 성격 분석은 나만 알고 말로 할 수 없는 것을 도형을 통해서 성격을 드러내고 원활하고 효과적인, 소통이 가능하다. 무의식중에 자리 잡은 자기 자신을 도형 안에서 표현되는 것이다. 도형 지면에 나타난 심리를 한눈에 파악할 수 있어 쉽게 대응할 수 있으며 종합적인 상담에 응할 수 있다. 수강생들은 자신의 상태를 파악할 수 있다. 암시적인 깨달음을 얻는 유익한 수업이다.

흡연예방 강의는 기관에서는 연중 1회는 무조건 받아야 한다. 유치원 강의 후에는 적극적인 홍보대사가 탄생한다. 집에 돌아가서 아빠께 담배를 피우면 큰 병에 걸린다고, 절대 피우면 안 된다고 다짐을 받는다. 할머니 할아버지도 꼼짝 못 한다. 반대로 중학교는 사뭇 다르다. 열심히 강의하는데 한 학생이 손을 번쩍 든다.

"학생 질문 있나요?"
"잠깐 나갔다 오겠습니다."
"수업시간인데 어디에 가나요?"

수업 끝날 때까지 흡연을 못 참는 것이다. 흡연 예방 강의 시간에 담배 피우러 나갔다 오겠다고 손을 드는 것이다. 이런 학생은 학교 상담프로그램을 통해서 개선해가는 활동도 함께한다.

60에 세상 밖으로 나와서 석사 박사 다 마치고, 75세에 차를 몰고 기관 강의를 하러 가는 것은 그리 흔한 일은 아닐 것이다. 그러나 나에게는 일상이고 중요한 일이다. 오늘도 깔끔하게, 젊게, 차려입고 시원한 바깥 풍경을 보며 룰루랄라 운전하며 가고 있다.

2

선배님이 못 하는 것이
어디 있다고요

일석삼조(一石三鳥)란 한자어 그대로 돌 한 개 던져 날아가는 새 세 마리 잡는다는 뜻이다. 한 가지 일을 하고 3가지 효과가 나거나 3가지 이득이 있을 때 이르는 속담이다. 오랜 시간 열심히 일한 사람은 그 기술로 한 가지 일을 하고도 성과를 2~3가지 낸다.

세상을 잘 살아가는 데에는 지혜와 재주가 필요하다. 지혜만 있고 재주가 없으면 지혜가 빛은 못 볼 수도 있고 지혜는 없고 재주만 있으면 신망을 받지 못해 성공하기 힘들다.

살아가노라면 2가지를 다 겸비한 사람을 종종 만난다. 오래전 내가 전래놀이 1급 자격과정을 할 때 자격증을 이수해간 후배가 있었다. 자주 만나지 않아도, 늘 같이 있지 않아도, 마음 통하고 만나면 편하다. 약간은 묵직하고 조금은 어린아이처럼 해맑다. 그리고 책을 많이 읽어서인지 겉으로 지식이 많아 보임이 좌르르 드러난다. 예기치 않게 그 후배가 방문했다.

"역시 우아해!"
"선배님도 만만치 않습니다."

아는 것이 많다는 것은 대인관계에서 소통도 자연스럽다. 언어 사용에 있어서 적절한 언어를 쉽게 잘 가져온다. 같이 있으면 말이 잘 통하고 마음이 통하니 그저 즐겁다. 함께하면 할 얘기가 많다. 무슨 이야기든 다 소통된다. 우주 이야기, 세계 정국 이야기, 하다못해 현재 인기 연예인을 화재로 이야기해도 소통이 된다. 마음으로 소통되는 사이는 혹 대화가 끊어져도 하나도 어색하지 않다. 마음으로 대화를 주고받기 때문이다. 각자 사업이 바쁘니 자주 만나지 못하는 게 늘 아쉽다.

오랜만에 만난 후배와 공기가 좋기로 전국에서 소문난 무릉계곡 청옥산 아래 식당에 자리 잡았다. 돌아다녔더니 둘이 시장기가 돌았다. 그 식당에서는 생강나무 차를 주는데 여름에도 따뜻하게 내온다. 생강나무는 봄이 되면 산수화처럼 일찍 노란 꽃을 피우는 나무이다. 가지를 잘라서 잘 말려서 1년 내내 차로 끓여 먹을 수 있다. 경치 좋은 곳에 앉아서 차를 마시니 따스한 정이 후배와 나 사이에 시냇물이 되어 흐른다.

"선배님 법 강의를 해보시겠어요?"

"무슨 법 강의?"

"학교에 기초법을 가르치는 일이에요."

"그런 게 있었나? 그렇지만 내가 할 수 있을까?"

"에이 이 세상에서 선배님이 못 하는 것이 어디 있다고요."

"못하는 게 없는 건 후배지."

"저야 따라가려면 아직 멀었습니다, 참! 선배님 '줌' 사용할 수 있으시죠?"

"할 수 있지. 구글에 유료로 계약했어, 코로나가 오래가면 쓸 것 같아서."

"혹시나 했더니 역시입니다. 선배님! 대단하십니다."

그날, 후배가 원하는 답은 하지 못했다. 후배는 돌아가고 며칠 후 어느 클럽에 나를 초대했다. 그 모임에는 막강한 인사들로 꽉 채워져 있었다. 거기에서 여러 사람을 알게 되었다. 사람 사이의 관계란 참으로 신기하다. 우연히 연결된 클럽에서 내가 알고 있는 지식을 원하는 곳들이 의외로 많았다. '줌'을 빨리 익혀 놓은 것이 득을 부른 것이다.

　나이가 많기도 해서 움츠리고 있었는데 후배 덕에 내 지식이 빛을 보게 되었다. 나이 60에 행안부에 강사등록을 한 것도, 군부대에 폭력 예방 강의를 하게 된 것도, 이 모임에서 비롯된 것이다. 또한, 경제신문의 시사 논술 강의를 하는 것도 '줌' 덕이다. 사람 사이의 일이란 참으로 신기하다. 살아가는 동안에 누구와 친분을 맺는가에 따라서 삶이 달라질 수도 있다. 또 어떠한 학문을 연구했는가에 따라서도 펼쳐지는 앞길이 달라진다.

　'생강차 마시고 밥만 먹었을 뿐인데 이렇게 이어지다니…. 미소만 지었는데 1석 3조씩이나!'

　지혜와 지식은 함께 가지고 있어야 한다. 2019년 코로나가 퍼지면서 학생들 수업이 '줌'으로 대체가 되었다. 유튜브는 만능 교육 선배님이다. 나는 '줌'에 관한 것을 자세히 알아보고 누구보다 먼저 '줌'을 익혔다. 60 넘은 할머니가 학교 수업이 줌으로 바뀌는 것을 보고 바로 '줌'을 익히는 것은 쉬운 일은 아니다. 아인슈타인보다 더 빨리 줌을 익히고, 구글에 접속해서 유료 회원으로 계약했다. 새로운 문화에 즉시 적응하는 성격 덕분이다. 열심히 익혔더니 나를 찾는 곳이 많았다. '줌'을 익힌 강사가 당시 별로 없었는데 나는 코로나 19로 끊어진 강의를 '줌'으로 다시 맡게 되었다. 밖으로 나가지 않아서 강의하는 것이 훨씬 더 편했다. 나의 열정과 노력은 아직도 식지 않고 펄펄 끓고 있다. 성장하는 나에게 나는 호감이 간다.

나이 70에, 남들이 못하는 '줌'으로 내 방에 앉아서, 컴퓨터로 강의하다니! 그렇다. 준비된 자는 언제나 변화를 도약의 발판으로 삼는다.

시대가 빠르게 달라진다. 항상 새로운 것을 배우고 도전하며 끊임없이 능력을 향상하기 위해 노력해야 한다. 쉬지 않고 자기계발을 위해 노력해야 한다. 이런 것들이 우리를 늙지 않고 젊고 활기차게 해 준다. 자신의 인생을 적극적으로 지지하며, 새로운 목표를 달성해나가는 것에 주력하고, 꿈을 향해 도전한다. 그러면 쑥쑥 성장해나가는 자신이 보일 것이다. 더욱더 빛나는 본인의 인생을 멋지게 살아갈 수 있다

무릉계곡 제1폭포 ――――

자신의 인생을 적극적으로 지지하며, 새로운 목표를 달성해나가는 것에 주력하고, 꿈을 향해 도전한다. 그러면 쑥쑥 성장해나가는 자신이 보일 것이다. 더욱더 빛나는 본인의 인생을 멋지게 살아갈 수 있다

3

이보다 더
멋진 인생이 있을까?

세상을 즐겁게 사는 것도 기술이다. 나는 매일 젊은이와 데이트한다. 오늘도 아리따운 젊은 수강생이 16명이나 온다, 종일 하하, 호호, 청춘 속에 묻힌다. 사회 속에서 일하면 20년은 젊어진다고 한다. 60 넘어 늦게 세상에 나왔지만, 이제는 어엿한 전문가다. 자격과정을 진행하는 교육협회 이사장이다.

매주 토요일, 일요일. 자격과정을 연다. 전래놀이 1급 자격과정, 세계 놀이 1급 자격과정이다.

그 외 흡연 예방이라든가, 웰다잉이라든가, 독서지도사라든가 등등 돌아가면서 1급 자격증 과정을 개설한다. 그 덕에 토요일 일요일이면 젊은 청춘들과 종일 데이트한다.

요즘은 수강생이 많아졌다. 코로나가 끝나지는 않았지만, 같이 가는 추세인 듯하다. 아직은 마스크 착용하고 자격과정을 실행한다. 처음 오는 수강생에게 좋은 첫인상을 주기 위해 열심히 노력해본다. 첫인상은 만나자마자 3초 안에 결정 난다고 한다. 3초에 온몸을 다 확인이 된다고 하니 놀랍다. 그래도 얼굴에서 80%는 될듯해서 신경을 많이 쓰게 된다. 파운데이션을 조금 바르고 머리를 잘 만졌다. 최대한 나이가 적게 보이게 꾸몄다.

오늘 열리는 강의는 1급 웃음치료사 자격증 과정이다. 수원에서 유명한 교수를 초빙했다.

시간이 되자 삼삼오오 수강생들이 도착했고 강사도 도착했다. 수강생들은 하나같이 젊고 아름다웠다. 강사도 웃음 치료 강사여서인지. 나이보다 훨씬 젊어 보였다. 운동으로 몸매도 세련되어 보였다.

"어머나 나날이 젊어지세요."
"회장님은 더 젊어지셨네요. 그동안 별 일 없으시지요?"

간단한 인사소개가 끝나고 본격적인 웃음치료사 자격증 강의가 시작되었다. 조금 전 약간은 겸손하고, 얌전하고, 지적이던 강사는 갑자기 돌변했다. 우렁차게 아니 '우레처럼'이라는 표현이 맞을듯하다. 손, 발, 어깨, 엉덩이 등 최대한 온몸으로 웃어댄다. 강의장에 있던 우리는 모두 깜짝 놀라서 망연자실한 채로 강사를 쳐다보았다. 웃음을 그치지 않는다. 한참을 그렇게 웃었다. 또 놀라운 현상이 일어났다. 태도, 표정 모두 언제 그랬느냐는 듯이 순식간에 원래대로, 지적이고 수수하게 변했다. 고개를 예쁘게 숙이고 얌전하게 인사하며 한 번 더 자기소개를 했다.

'아! 저렇게도 하는구나! 기선제압이네.'

왜 유명한지 조금은 알 것 같았다. 감정 변화의 선을 마음대로 넘나들었다. 행동 변화도 마음대로 조정한다. 더구나 하나도 어색하지 않았다. 모두를 긍정하게 만드는 마술사 같았다. 어깨를 흔드는 것도, 팔을 휘젓는 것도, 심지어 엉덩이를 흔들어대는 것도 자연스러웠다.

수업은 종합과정처럼 많은 것을 다뤘다. 갑자기 교수처럼 이론도 조밀하고 뜬금없이 신문지로 교황 모자, 해군모자, 요리사 모자 만드는 수업도 했다. 그러더니 색종이로 아기 주먹만 한 부채도 접었다. 만능 맥가이버 같았다.

자격과정 프로그램에는 라인댄스도 들어 있다. 커다란 오디오도 직접 가지고 다닌다. 완전 전문가이다. 수술이 잔뜩 달린 라인댄스 옷으로 언제 갈아입었는지 귀신처럼 행동도 빨랐다. 계속 주시하고 있던 나도 못 봤을 정도였다. 오디오에서 신나는 음악이 짠! 퍼지니 화려한 댄서로 대변신이다.

'아 과연 능력자네.'

본론인 웃음 강의가 시작되었다. 느닷없이 한 사람씩 처음에 강사가 웃었던 웃음을 똑같이 재현하는 시간이다. 수강생은 16명이었는데 나는 은근히 걱정되었다.

'설마, 이 사람들을 다 시키는 것은 아니겠지?'

수강생 중에는 현모양처 같은 얌전한 사람이 서넛 섞여 있었기 때문이다. 내 걱정은 하등에 필요가 없었다. 교육의 힘은 위대하다. 단체의 힘은 위대하다. 한 사람도 빠짐없이 똑같이 구현했다. 놀랄 만한 웃음에다 기가 막힌 행동을 같이해야 하고 수시로 모양을 바꿔가며 해야 했다. 완벽했다. 교수가 100점이면 학생은 200점짜리가 나온다더니 강사를 능가했다.

모두 박장대소하고 웃음에 빠졌다. 교육에 미쳤다. 강사는 순식간에 이 많은 수강생의 마음을 바꿔놓았다. 남의 눈 의식 안 하는 뻔뻔함을 모두에게 심어주었다. 하나같이 강심장으로 다시 태어나게 만들어 놓았다. 얌전한 수강생도, 지적인 사람도, 똑같은 16란성 쌍둥이가 되었다. 이제 이들도 이 강의장을 나가면 어엿한 강사가 된다. 좋은 스승을 만나 좋은 강사가 되어나가는 이들이 참으로 듬직하고 미덥다.

    오늘도 신나게, 종일, 실컷 웃으며 청춘과 데이트했다. 60에 세상 밖으로 나와서 이룬 가장 큰 업적이다. 나는 다음 주도 또 그다음 주도 멋진 청춘과 데이트히며, 미음껏 웃으며 즐겁게 살 것이다. 이보다 더 멋진 인생이 있을까? 나이는 진정 숫자에 불과하다.

장미3 ──

이보다 더 멋진 인생이 있을까? 나이는 진정 숫자에 불과하다.

4

사랑한다는 말이 없어도,
사랑인 거야

김형석 교수님은 올해로 102세이시다. 자동차 없이 걸어 다니신다. 정 정하시고 방송국에서 강연도 아직 하신다. 어느 방송 때 아나운서가 김 형석 교수님께 물었다.

"교수님은 몇 세 때가 가장 행복하셨어요?"
"60에도 좀 바쁘고 70 넘어서가 가장 좋았던 거 같아요."

교수님이 가장 좋다고 하는 시기에 지금 내가 서 있다. 생각해 보니 아이들은 모두 장성해서 나가 있고 어쩌다 집에 오면, 밥해주느라 힘이 들긴 하지만 손님처럼 반갑다. 갈 때는 더 반갑다. 학교 보낼 아이가 없으니 싱그러운 기운을 받으며 아침 산책도 할 수 있고, 남편과 둘만 사니 집안 어지르는 사람이 없으니 매일 쓸고 닦을 일도 없다. 더 좋은 건 남편이 청소와 빨래를 맡아서 하니 세상에 이런 상전 팔자가 없다. 꼭 밥상 차려 바쳤는데 지금은 혼자서도 밥을 잘 챙겨 먹으니, 그 또한 좋다.

화단 감나무에 매미가 제철을 만나 아주 시끄럽다. 7년을 땅속에서 유충으로 지내다가 이제 막 매미가 된 후 딱 한 달만 살 터이니 시끄럽게 울어대는 것도 이해해주어야 한다. 갑자기 매미 소리가 노래가 아니고 아주 날카롭다.

'아 어쩌나~!' 그 불쌍한 것을 새가 물고 하늘 높이 날아가고 있다.

"휴가철인데 우리도 여행갈까?"

"여기 동해가 휴양지인데 어디로 여행을 가?"

"사람들은 휴가 내고 돈 싸 들고 오는데 우리는 기름값만 있으면 될 텐데, 갑시다!"

"며칠?"

"며칠은 무슨 며칠, 오전에 휙 돌아오면 될 것을."

"에이, 그것이 무슨 휴가철 여행이야?"

"집을 나서면 여행인 게지."

백봉령을 넘어 한참을 가면 음식점들이 한 마을을 이루고 있다. 남편은 고개 정상에 차를 세우고 성큼 들어가더니 도토리묵을 시킨다. 벽에 '도토리묵 → ₩15,000' 떡하니 붙어 있다.

창 아래로 보이는 계곡의 돌은 하얀 이를 드러내며 예쁘게 미소 짓고 있다. 얼마나 세수를 열심히 했는지 반질반질 광이 난다. 그 옆 아름드리 소나무는 느닷없이 굵은 저음으로 바람을 키 삼아 연주를 시작한다. 퍽 귀에 익은 바람의 음률이다. 갈참나무, 싸리나무, 노가리나무는 그 바람에 맞추어 춤을 춘다. 눈을 뜨고 있어도, 눈을 감고 있어도 똑같이 풍경이 보인다. 첩첩산중이라 시원한 바람에 온몸이 후련하다. 도토리묵을 한입 입안에 넣으니 신선이 따로 없다.

어느 박사님은 아무것도 하지 말고 숲속에 가만히 앉아서 멍 때리기를 하는 것이 최고의 수양이라고 말한다. 계곡 아래를 보니 멍 때리기에 적격인 것 같다. 앉을 만한 널찍한 돌들도 군데군데 있다. 시냇물은 많지도 적지도 않다. 졸졸 노래하며 사이좋게 흘러간다. 속이 환히 들여다보이는 맑은 물은 돌 하나를 들어내면 가재가 살금살금 금방이라도 기어 나올 것만 같다.

물은 어째서 사람 마음을 편안하게 해줄까? 냇물도, 강물도, 하다못해 바다까지도 하염없이 보고 있노라면 천상세계에 들어와 있는 듯 마음도 잔잔해진다. 물은 흐르면서 사람들의 마음도 곱고 아름답게 씻어준다. 참 겸손하고 넉넉함을 지녔다. 사람들 가슴속의 응어리들을 모두 안아다가 바다에 버려주는 강물이 새삼 고맙다. 졸졸 내려가는 물을 한없이 보고 있는데 남편이 말을 다 건다. 다른 때 같으면 따라오거나, 말거나, 먼저 나가는 스타일이다.

"우리 저 아래 내려갈까?"
"웬일이야?"
"가고 싶어 하는 것 같은데?"
"멍석만 깔면 되겠네, 걷는 것도 싫어하면서."

아내는 중년일 때만 친구라고 하던데 우리는 노년이건만 아직 친구다. 좋은 부부 사이를 유지하는 것은 간단하다. 상대가 싫어하는 것은 안 하면 된다. 그것은 한 달만 살아도 파악된다. 그런데도 신혼 6개월이 지나면 원수처럼 싸우는 부부가 대부분이다. 결혼은 양보도 함께 데려오는 계약이다. 지혜로움이 필요하다. 부부란 가까우면서도 멀고 멀면서도 가깝다고 누가 말했는지 참 기막히게 맞는 말이다. 우리도 예전엔 시시때때로 멀었다, 가까웠다 했다. 많은 사람이 예전으로 돌아가고 싶어 한다…. 예전으로 돌아가면 실수 없이 더 잘 살 거라고 말한다. 그러나 대단한 착각이다. 예전으로 돌아가면 이때까지의 경험은 다 놓고 간다. 그러면 여전히 백지상태에서 시작해야 하는데 같은 실수가 나올 확률은 99%이다. 그 사람이 그 사람이고 그 성격이 그 성격이니 집에서 새는 바가지 나가서도 샐 것이다.

노년에 접어들고 보니 사랑한다는 말은 없어도, 사랑인가 보다. 기복이 없어서 좋다. 존중까지는 아니어도 이해와 배려는 있다. 척 보면 감정도 알아맞힌다. 점쟁이가 따로 없다.

지금 이대로가 이렇게 편한데, 왜 굳이 옛날로 돌아가랴!

계곡1 ──

눈을 뜨고 있어도, 눈을 감고 있어도 똑같이 풍경이 보인다. 첩첩산중이라 시원한 바람에 온몸이 후련하다.

5

법정스님의 무소유와
남편의 무소유

내 물건은 참 소중하다. 그러나 자기 물건 아끼지 않는 사람도 있다. '천성이 착해서일까?'

60이 넘은 나이에 아직도 나는 그 물건이 아깝다. '내가 속물인가?' 나도 밖에 나가면 좋은 사람 칭호를 달고 산다. 봉사도 많이 하고 어려운 이웃도 잘 돕는다. 그런데 이것만은 참 아까운 사건이다.

큰 사물함 가득 순금으로 된 행운의 열쇠를 모아두었다. 남편이 30년 넘게 골프를 치면서 받아온 상품이다. 일주일에 서너 번 나가기도 하고,

매일 나가기도 한다.

한번은 일본에 골프 치러갔다. 일본 기자가 종일 남편만 따라다니며 사진을 찍었다고 한다. 골프 잡지에 표지 모델도 했다. 골프 폼이 멋지기도 했고 인물 또한 잘났으니 기자가 안 따라붙을 수 없었을 것이다. 매너도 좋아서 모두 남편을 좋아했다. 내 생각에는 매너보다는 '밥 많이 사서가 아닐까?' 생각이 들기도 한다. 학창시절에는 농구를 했었고 골프에 소질이 있는 남편은 늘 우승을 했다. 나가기만 하면 행운의 열쇠를 꼭 하나씩 가져온다. 나는 약간 커다란 함에 잘 모아두었다. 퍽 많아지자 남편에게 보여주었다.

"여보 이거 좀 봐, 이거 당신이 지금까지 타온 행운의 열쇠야."

"허~ 그렇게 많이 타왔나?"

"돼지를 만들까? 송아지를 만들까?" 남편은 행운의 열쇠가 아무리 많아도 별 관심이 없다.

그리고 며칠 후 일이다.

"이봐, 그 행운의 열쇠 다 줘봐."

"왜?"

"글쎄 줘봐."

늘 자세한 말은 안 하는 사람이라 물어보지도 않고 금이 가득한 큰 사물함을 내주었다. 나는 '돼지나 송아지를 만들어 오겠지!' 생각했다.

어느 날 불현듯 행운의 열쇠 생각이 났다. 황금돼지? 아니면 황금송아지가 궁금하기도 했다. 신경도 안 쓰고 있었지만 가져간 지 퍽 오래된 것 같았다.

"뭘 만들었어?"

"뭘 만들다니?"

"행운의 열쇠 가져간 거 말이야, 아직도 만들고 있어? 돼지야? 송아지야?"

"그거 행운의 열쇠 만들었어."

"아니 행운의 열쇠를 가져가서 행운의 열쇠를 만들었다고?"

"응!"

"그럼 그거 다 어디에 있어? 왜 새로 만드는데?"

복장 터지는 소리가 나왔다. 남편 얘기는 골프회원이 모두 30명인데 금을 똑같이 나누어서 행운의 열쇠 30개를 만들었다고 한다. 그리고 회의 때 회원들에게 한 개씩 전부 나누어 주었다고 했다. 나는 기가 막혀서 말이 안 나왔다. 그렇게 할 줄 어찌 짐작이나 하겠는가? 그리고 한술 더 뜬다.

"그게 벌써 언젠데 이제 그런 걸 물어보누?"

참 그러고 보면 무심하기는 나도 마찬가지인 것 같다. 금이 가득 든 사물함을 통째로 내어줬으면 빨리 물어봤어야지. 그렇지만, 어찌 그럴 수가 있을까? 사람인가? 부처인가? 남편의 무소유에 할 말을 잃는다. 남편의 무소유를 나는 좋아하지 않는다. 새로운 것에 도전하지 않는다. 늘 가진 것에 만족한다. 나는 임야를 좋아한다. 남편에게 동해에 큰 산을 사면 좋겠다고 말했더니 종중의 하고많은 임야가 있는데 뭐 하려고 산을 사느냐고 한다. 법정 스님이 왔다가 울고 갈 일이다.

무소유의 장본인 법정 스님은 많은 저서를 남겨서 1년에 인세를 3,000만 원씩 받았다. 그러나 한 푼도 남김없이 어려운 대학생들 학자금으로 전부 보냈다. 항상 법정 스님 통장은 무소유에 걸맞게 무일푼이다.

법정 스님이 폐암으로 삼성병원에 입원했을 때 일이다. 퇴원 절차를 하는데 치료비가 6,000만 원이 나왔다. 스님이 주장하시는 것은 무소유이니 당연히 법정 스님 통장엔 돈이 있을 리 없다. '통장에 0원' 퇴원은 시켜야 하고, 삼성병원은 비상에 걸렸다. 욕심을 많이 부려서도 안 되지만, 무소유가 좋은 것만은 아니다. 법정 스님은 무소유로 결국 돌아가시기 전, 6000만 원을 빚지고 가시지 않았는가?

사람이 나이 들면 자신에게 돈 쓸 곳이 없을 듯하지만, 사실은 더 많다. 신체 각 부위가 같이 나이 들어가기 때문이다. 내가 60세면 내 심장도, 위도, 폐도 같이 60세다. 신체 모든 기관이 함께 60년을 살아왔기 때문이다. 나이가 들면 가장 걱정스러운 것이 의료비 지출이다. 보험을 들고 실손의료비를 받는다고 해도 일부이고 본인이 반 이상을 내야 한다. 젊을 때보다 병원에 갈 일이 자연히 많아진다. 아무리 무소유를 주장한다 해도 병원비는 가지고 있어야 하지 않을까? 법정 스님의 무소유는 삼성병원을 슬프게 하고, 내 남편의 무소유는 나를 슬프게 한다….

6

I can speak English

지구에서 사용되는 언어는 7,000개가 넘는다고 한다. 그 많은 언어 중에 영어사용이 1위인 것은 말할 나위 없다. 그러니 지구상에서 영어를 못하면 소통이 안 되는 것과 일치한다. 우물 안 개구리처럼 내 나라 안에서만 살아도 영어는 해야 한다. 우물 안에 내 나라 사람만 있는 것은 아니기 때문이다.

인터넷으로 무엇인가 검색하려 해도 영어가 먼저 뜬다. '한국어로 변형'을 클릭하고 읽어 내려가야 한다. 그럴 때마다 내가 나에게 자존심 상한다. 공부하는 방식을 점검해 본다. 그동안 많이 듣고, 말하고, 쓰고를 반복했다. 안될 리 없는데 역시 안 된다. 어쩌다 길에서 외국인을 만나면 쩔쩔매고 한마디도 못 한다. 핸드폰 번역기를 돌려서 음성언어로 겨우 말을 주고받는다. 평생을 해도 못 하는 것이 영어이다.

어느 날 저녁 늦게 아들이 2층에서 내려왔다. 그날은 '줌'으로 하는 시사 논술 강의가 바빠서 저녁 먹은 설거지를 미뤄놓았었다. 강의 마치고 설거지하려고 나와 보니 아들이 주방에 있다.

"아들! 밥 먹으려고?"

"Yes, Mom."

아니 이건 무슨 소리? 나는 말없이 웃으며 설거지를 다 하고 아주 정감 있게 말했다.

"아들! 먹고 올라가"

"Yes mom. Good night!"

'아~! 맞네.' 번개처럼 스쳐 지나가는 아이디어가 있었다.

'그래! 집에서 영어를 사용해보는 거야. 모르는 단어는 어떻게 하지?' 핸드폰? 맞아 검색하면서 하면 되지….'

그때부터 집안에서는 영어를 쓰기로 했다. 영어와 한글이 같이 되어 있는 성경책을 샀다. 혼자 있을 때도 영어로 표현하고, 남편과 있을 때도 영어로 말하기로 마음먹었다.

아침에 일어나서 우선 남편에게 말을 걸었다.

"Honey, did you sleep well?"

"무슨 소리야?"

"I will speak English from now on."

"그냥 한국말로 해."

"No. I have to speak English."

"거 참."

"I'll go get some melon."

"……."

남편은 이제 대답도 없다. 그래도 단단히 맘먹었으니 밀고 나가야 한다.

"Wait a minute."

"꼭지 베어내고 가져와!"

"Do you understand me?"

"참, 나 원."

남편은 기가 막히다는 듯이 코웃음을 친다.

"It's a success."

한참 후 참외 접시를 가져오려고 남편에게 말을 걸었다.

"Are you done?"

"기다려. 아직 다 안 먹었어!"

"Our breakfast side dish is Bulgogi."

"또?"

쉬우니까 자주 불고기를 반찬으로 먹는다. 아침을 다 먹고 나서 다시 말을 걸었다.

"Would you like some hot coffee?"

"찬 거 줘."

중학교 때는 영어를 비롯한 모든 과목이 수수, 고등학교 때는 수능 1등급! 언제나 영어점수 100점! 그랬건만, 나이 70에도 회화는 못 하는 못난이가 되었다. 생각해 보니 중간에 안 된다고 포기한 것이 원인인 것 같다. 다시 시작하고 또 포기한 것이 무척 여러 번이다.

'이번에는 끝까지 해볼 거야, 또 그만두면 안 돼! 알았지?'

내가 나한테 단단히 말한다.

어느 집이나 그러하듯이 아침이 되면 전쟁이다. 급히 출근해야 하는데 남편이 목욕탕에 들어가면 나오지 않는다. 나도 모르게 영어가 튀어나왔다.

"I'm in hurry!"

"기다려."

"I'm late. I have to go to work soon."

가만있어 보자, '이제 출근할까?'를 뭐라고 했지? 모르는 단어는 하나도 없는데 또 막힌다. 검색하려고 핸드폰을 올리고, 내리고, 야단법석을 치면서 하고 싶은 말을 찾아본다.

"go to work." 답답한 남편이 퉁명스럽게 한마디한다. 그제야 '아~! 맞아.'

"Shall we go to work?" 나는 아무 일 없었다는 듯이 말한다.

"허 허 허." 남편은 기가 막혀서 너털웃음을 웃고 만다. 한 지붕 아래 두 나라 말이 나란히 자리 잡았다.

나는 영어로 남편을 한국어로 두 언어로 사는지도 1년이 다 돼간다. 기적이 일어나고 있다.

영화를 보는데 간간이 말이 들리는 것이다.

'아~! 이건 뭔 일이래? 말이 들리네.'

귀를 쫑긋하고 자막이 없는 영화를 보기 시작했다. 아주 쪼끔이지만, 간단한 대화를 알아들을 수 있었다. 단어를 몰라도 무슨 말을 하는지 뜻이 통했다.

'아~! 역시 원하면 길이 열리는 구나. 이제 영어로 유창하게 말하는 것은 시간문제다.'

지금 나에게 한 가지 꿈이 더 있다. 영어를 잘해서 맘대로 유럽여행을 가는 것이다.

60에 세상 밖으로 나와서 영어까지 시원하게 한다면 금상첨화일 것이다.

　'이번엔 중도 하차 없이 마음 다잡고 해보리라!' 5년 후에는 결과가 나
올 것이다.

　'I only speak Korean but I will speak two languages in five years.'

　'The universe is on the way to wisdom.'

　'I can speak Eglish!'

7

말없이도 통하고,
정 없이도 따뜻하다

눈에 콩깍지가 씌어야 결혼을 하고 눈이 멀어야 결혼을 한다. 모든 사람이 지금 배우자의 보이는 것을 콩깍지 없이 보았다면? 그 누가 결혼을 했겠는가? 정말이지 눈이 멀어서이다.

결혼이 무엇이냐고 묻는다면? '실수'라는 대답이 그중 정답이 될 것이다. 어떤 이는 '원수를 만나는 일'이라고 말하기도 한다. 좀 심하기는 하다. 가끔 드라마에서 보면 '나는 죽어도 당신과 살 거야.'라고 말하는 것을 본다. 그야말로 드라마다. 왜 살았던 사람과 또 사는가?

우리의 생활은 말로 이루어진다. 좋은 것 싫은 것 모두 말로 표현하며 산다. 친구 간에도 말하는 것을 들으면 나와 친한지 아닌지 판가름 난다.

세상에서 제일 친한 사이는 부부 사이다. 너무 친하니 촌수가 없다. 무촌인 것이다. 부부간에도 소통이 잘돼야 친한 사이는 유지된다. 소통의 도구인 말을 잘해야 한다. 나의 남편은 딱 자기 할 말만 한다. 거의 말이 없다. 그런 데다 내 말을 자기 생각대로 해석한다.

소통에서는 반드시 주관적보다 객관적으로 남의 말을 들어야 한다. 남의 말을 잘 들어주고 이해해야 한다. 내 생각으로 해석하고 내 말만 하면 소통이 아니라 먹통이다. 사람의 귀가 둘이고 입이 하나인 것은 '두 번 들을 동안 말은 한 번만 하라'는 것이라 한다. 말을 하지 않고 듣기만 해도 좋다. 그러나 입을 꾹 다물고 무표정하게 듣기만 한다면 그것도 대화단절이다. 소통은 관계를 부드럽게 해주고 엉키지 않게 일을 잘 조정해준다. 직장에서 소통이 좋은 사람이라면 초고속 승진은 보장된다. 가족 내에서든 사회 안에서든 소통은 중요한 매개체다.

우리가 판소리를 들을 때, 뒤에서 북을 치는 사람을 '박수'라 부른다. 판소리 자체가 소리하는 사람이 처음부터 끝까지 혼자 한다. 그런데 박수가 뒤에서 '북'을 치면서 가끔 '얼쑤, 좋다.' 하고 추임을 넣는다. 그러면 판소리는 더 잘 어우러지고 듣기 좋은 판소리가 된다. 이런 '추임'은 대화에도 필요하다. 말하고 싶지 않아서 듣기만 할 때, 반드시 지켜야 할 예의가 있다. 첫째, 밝은 미소를 짓고, 고개를 끄덕이고, 가끔 '네! 네!' 하는 긍정의 '추임'을 넣어야 한다. 이러한 추임으로 관심이 있고, 잘 듣고 있다는 무언의 뜻이 상대방에게 그대로 전달이 된다. 사회생활에서는 아주 중요한 기본행위에 속한다. 이런 일들이 자연스럽게 행동으로 표출되는 사람은 누구나 좋아하는 사람이 되고 하는 일마다 잘될 것이다.

남편과 나는 직접적인 소통은 전연 되지 않는다. 소통이라는 것은 언어로 이루어지는 것인데 말이 없는 남편이니 항상 돌고 돌아서 내가 소통의 다리를 놓는다. 나는 술을 한잔씩 한다. 어느 모임에서였다. 술을 주고받다가 그분이 묻는다.

"남편은 주량이 얼마나 됩니까?" 아마도 내 주량이 좀 많은 듯해서 묻는 모양이다.

"제 남편은 술을 못합니다."

"그래요? 그런 사람하고 어떻게 사시나요?"

"아니 왜요?"

"술을 못 하는 분들은 꼬장꼬장해서 소통이 잘 안될 텐데요?"

"소통은 제가 떠먹여 주며 살지요."

"사람이 술도 좀 마시고 헛소리도 좀 하고 해야지 사는 재미가 있지요!"

뭐 어쨌든 술을 못 하는 거 하나만 딱! 내 맘에 드는데 이분은 술 못하는 사람과 어떻게 사느냐고 하니 참 아이러니하다.

'술 먹고 취해서 옷도 다 버리고 비틀비틀 집에 들어오면 좋은가?'

'밤새도록 헛소리하는 게 좋은가?'

'암! 술 못하는 게 백번 낫지!'

남편은 술을 못해서인지 알콩달콩 재미가 있지는 않다. '응', '아니', '가자.' 이것이 남편의 말 전부다. 거의 일방통행인 셈이다. 우리는 소통이라는 것은 액자에 끼워 벽에 걸어놓고 산다. 평생 남편이 웃으면서 이 얘기 저 얘기 밖에서 있었던 이야기하는 것을 들어본 적이 없다. 거의 내가 나가서 활동한 일들을 재잘재잘 말한다. 대꾸도 없지만….

예전 어느 날, 저녁 먹을 때 일이다.

"여보 내가 오늘 모임에서 내 핸드폰에 있는 당신 사진 보여 줬더니 영화배우 같대."

"…."

"어떤 거 보여 줬는지 알아? 여기 봐! 이거! 이걸 보여 줬지!"

"…."

"멋지다고 난리였어". 그러거나 말거나 남편은 국에 말아 밥만 먹는다.

"누군데?" 다 먹고 일어서면서 딱 한마디만 한다. 내가 대답을 안 해도 그냥 만다.

그렇게 말 없는 사람과 토요일, 일요일이면 새벽부터 나가서 저녁까지 쏘다닌다. 우리는 소통 없이 일방통행이어도 그저 그렇게 뭉쳐 다닌다. 뒷좌석에 누가 탄 것도 아니니, 조수석에 앉아 쫑알쫑알 말은 종일 내가 한다. 대답이 있거나 말거나다. 차창 밖의 모든 풍경이 내게는 대화의 소재이다. 문학적인 소질을 타고났는지 연관된 이야기가 줄줄이 나온다.

"아! 저기 집 좀 봐, 진짜 예쁘다."

"저기는 더 좋네! 지붕이 뾰족하니 외국 집 같네."

역시 아무 대답도 없다.

내가 사는 시내에서는 잉꼬부부로 소문나 있다.

'킥! 잉꼬 새는 아내만 말을 하나?'

딱 한 번 여러 말 한 적이 있다.

학창시절에 나는 아주 똘똘했다. 시집와서 평생 가게 일만 하게 되었지만….

예전, 어느 날 남편에게 말했다.

"나는 아무래도 내 길을 가고 있는 것 같지 않아! 길을 잘못 들은 것 같아!"

"그러면 그랜저가 아니라 쏘나타를 타고 있겠지."

웬일로 말을 받는다.

그때는 에쿠스가 나오기 전이였고 그랜저가 우리나라에서 제일 좋은 차였다. 나는 검은 그랜저 세단을 갖고 있었다. 그리고 공무원은 '소나타' 까지만 허용되었던 시대였다.

"에이, 내가 겨우 공무원?"

남편이 쏘나타를 탄다는 것은 공무원을 한다는 뜻이다.

"나 만나서 편하게 사는 줄이나 알라고, 아니면 감옥에 가 있을 수도 있어."

"에이 설마! 그런 게 어디 있어."

"어디 있긴? 똑똑해도 몰리면 가는 거야." 그 당시 유명한 사람들이 줄 줄이 감옥에 들어갔다.

아무튼, 이 대화가 남편과 한세월 살면서 제일 긴 대화였다. 그것도 '자기 만나서 잘 사는 것'이라고 말하고 싶기 때문이리라. 살아보니 술도 못 마시고 말도 많이 안 하는 남편과 어쩌다 세상에서 제일 친한 사이가 되었다. 눈빛만으로도 소통은 되나 보다. 70이 넘고 보니 말없이도 통하고, 정 없이도 따뜻하다. '세상에서 제일 친한' 사이는 인내하고 이해하고 살면 저절로 만들어진다.

연꽃 ——

70이 넘고 보니 말없이도 통하고, 정 없이도 따뜻하다. '세상에서 제일 친한' 사이는 인내하고 이해하고 살면 저절로 만들어진다.

8

계속 샘 만나면 좋겠어요

감자꽃이 피거나 감자 캘 때가 되면 생각나는 아이가 있다. 청소년 선도 봉사활동 중에 여러 사건이 있었지만 기억에 남는 사건이 있다. 거친 손에 늘 바쁜 농사일은 하는 그 아이 어머니도 같이 떠오른다. 마당이 정갈하게 청소되어 있고 마당에는 들꽃들이 잘 자라고 있었다. 어머니는 해마다 감자를 캐면 검은 봉지에 담아 제일 먼저 내게 가지고 오신다.

나는 중·고등학생 선도위원이었다. 청소년 선도 일을 하고 있을 당시의 일이다. 범죄를 저지른 중·고등학생을 6개월 동안 선도하는 일이다.

지청 검사님으로부터 선도 학생이 있으니 인도받으라는 전화가 왔다.

"네, 검사님 바로 가도록 하겠습니다."

지청의 검사님으로부터 전화를 받고 선도 학생 상현이를 인도받았다. 얼굴을 보니 전연 악의가 없는 학생이었다. 재범이어서 이번에 선도가 안 되면 다른 조치가 취해진다. 조금 책임이 막중했다. 잘못을 저지른 학생을 인계받으면 매주 한 번씩 만나 선도한다. 학생을 태우고 돌아오면서 어떻게 선도를 할 것인가 골똘히 생각했다.

선도의 주목적은 학생이 자주적으로 반성해서 선한 학생으로 돌려놓는 것과 처벌을 최소화하게 해서 기록을 남지 않게 하는 데 있다. 앞으로의 인생에 해가 되지 않게 하기 위함이다.

청소년 보호 차원에서 제일 큰 목적이라고 할 수 있다.

상현이를 선도하면서 간간이 피해 학생 이야기를 섞어보았지만, 반응이 전연 없다. 뉘우치는 기색도 없다. 그동안 꼬박꼬박 일주일에 한 번씩 만났고 벌써 약정기일이 반이나 지나갔다. 상현이는 전연 선도가 되지 않았다. 토요일 마지못해서 나를 만나는 것이다.

"상현아, 선도 후에 친구들 만나지 말고 친구들과 같이 만나자."

처음엔 어리둥절한 표정이더니 그런다고 한다. 우리는 공설운동장으로 갔다. 그때부터 선도의 방향을 바꾸었다. 선도는 조금만 하고 친구들과 어울려서 전래놀이로 시간을 채웠다. 놀이란 협력과 배려가 내포된 사람의 감성을 좋게 키워주는 역할을 한다. 놀이하며 돕는 방법을 익히고 이겼을 때 기쁨은 자신감을 충족시켜준다. 자아가 형성되는 것이다. 선도 기간은 총 6개월인데 그것은 긴 기간도 아니지만, 결코 짧은 기간도 아니다. 지도에 따라서 학생의 심성을 돌려놓을 수 있다. 철두철미하게 놀이의 계획을 세우고 실천해 갔다.

옛말에 '정은 뒤지에서 나온다.'라는 말이 있다. 뒤지란 쌀을 넣어두는 큰 통을 말한다. 운동장에 갈 때마다 아이들이 좋아할 만한 음식을 가지고 갔다. 생수도 넉넉히 준비하고 매일 메뉴를 바꾸어서 아이들 간식을 챙겼다. 함께 뭉쳐 놀고, 함께 먹고, 선도가 더 잘되었다.

시간은 빨리도 흘러 이제 선도 기간도 몇 번 남지 않았다. 상현이 어머니를 만났다. 농사를 짓는 분으로 악의 없는 순한 분이셨다. 역시 집안 환경에서도 아무런 문제가 없다. 집안이 가난하지도 않았고, 아버지 어머니도 착실한 농사꾼이었다. 그렇다면 무엇이 문제인가? 상현이를 보면 많은 생각을 하게 된다. 친구들도 모두 학교에서 별로 문제아가 아니고 상현이 자체도 문제성은 없는 것 같다. 그런데 두 번이나 폭행으로 이렇게 되니 이해가 잘 안 되는 부분이다. 상현이의 마음을 들여다볼 방법은 내게는 없었다. 고민하면서 내가 더 공부해야 할 것을 느꼈다. '그래 내가 더 공부해야겠다.' 나는 그때부터 세상 밖, 어디로 내가 나가면 좋은지 연구하기 시작했다.

그러던 차 상현이 어머니가 전화하셨다. 이번 토요일은 감자를 삶아 놓을 테니 집에 아이들 모두 함께 오면 좋겠다고 하신다. 나는 어머니 핸드크림을 하나 사고 아이들을 데리고 갔다. 어머니는 웬일인지 한복을 입고 우리를 맞이했다. 방으로 들어가니 커다란 광주리에 삶은 감자가 수북이 담아 있었다. 직접 껍질을 까서 먹으니 그 또한 좋았다. 거의 다 먹어갈 무렵 어머니는 식혜를 가지고 들어오셨다. 아마도 오늘 아이들 주려고 미리 만드신 모양이었다. 그런데 어머니는 식혜를 우리 상에 놓더니 갑자기 큰절하셨다. 나는 너무 놀랐고, 아이들도 깜짝 놀랐다. 큰절하시더니 하염없이 눈물을 흘리면서 아들 친구들에게 말씀하신다.

"우리 상현이 부탁한다."

"너희 모두 마음잡고 착실한 사람으로 크면 좋겠다."

울먹이며 말씀하셨다.

아이들은 잠시 충격을 받은 듯 잠잠했다.

6개월 약정기간의 선도시간이 이제 두 번 남았다. '마무리를 어떻게 하나?' 하고 고민이 많이 되었다. 토요일이 되고 차를 몰고 학교 앞으로 갔다. 차를 보더니 아이들이 달려왔다. 이제는 아이들과 친한 친구 사이다. 놀이의 효과는 대단했다. 나를 만나는 것을 즐거워했다. 굉장한 성과다.

"샘! 오늘 우리 집에 가요. 엄마한테 감자 쪄달라고 했어요."

"에이 왜 그랬어, 엄마 바쁘신데, 그냥 우리 공설운동장에 가서 놀자."

"샘! 상현이가 선생님께 뭐 드린대요."

"그래? 뭔데?"

"히히 얘가 말하지 말래요."

차를 몰고 상현이네 집으로 갔다. 어머니는 반갑게 우리를 맞이했다. 감자를 꺼내 오시는 안색이 밝다. 기분 좋은 일이 있으신 듯 화사하다.

"샘, 이거요."

"아이고 선생님! 우리 상현이가 매일 들어앉아서 선생님 드린다고 일주일이나 그리네요."

"헉! 이거 정말 네가 그린 거야?"

상현이는 미술에 소질이 있었다. 상현이가 건네주는 하얀 표지에는 인상 고운 내가 있었다. 아마도 내가 고운 사람으로 보였나 보다. 나는 진심으로 고마웠다. 살면서 받은 어떤 선물보다도 더 소중하고 좋았다. 일주일 동안 나를 그렸으니 내내 나만 생각했으리라.

상현이와 마지막 선도 이론 수업을 했다. 상현이는 완전하게 선도가 잘 마무리되었다. 공부도 열심히 하는 착실한 학생으로 돌아왔다. 상현이 어머니의 한복과 눈물의 효과였다.

선도 마지막 날 친구들을 모두 보내고 상현이와 호젓하게 무릉계곡으로 갔다. 졸졸 흐르는 계곡 물가의 바위를 하나씩 차지하고 마주 앉았다. 나는 상현이가 대견스러워 미소 지으며 쳐다보기만 했다. 항상 구부정하던 상현이의 등이 반듯하니 펴져 있었다. 눈은 반짝반짝 빛났고 나를 똑바로 바라보는 상현이의 표정은 참으로 선해 보였다. 상현이가 말을 먼저 꺼냈다.

"샘! 이제 토요일에 샘을 못 만나는 거예요?"
"응, 상현이 이제 편하겠네."
"계속 샘 만나면 좋겠어요."
"너무 공부만 하지 말고, 엄마하고 친하게 지내면 좋겠어."

청소년 상담에는 이론적인 지식과 기술이 필요하다. 친근한 태도와 공감 능력, 적절한 피드백으로 청소년의 마음을 돌려놓도록 상담을 해야 한다. 심리학 이론과 지식도 역시 필요하다. 상현이를 위해서는 윤리와

관련된 이론적인 지식이 동원되었다. 실습으로 상현이에게 내가 한 지도는, 윤리 부분을 전래놀이를 통해서 실습으로 교육을 바꾸었는데 성공한 것이다. 맹자는 성선설(性善說)을 주장했고, 순자는 성악설(性惡說)을 주장했는데 성선설과 성악설 중에서 나는 맹자 쪽이다. '인간은 태어날 때부터 선하다'는 것을 상현이를 선도하면서 더욱 절실히 믿게 되었다.

선도를 마친 결과물을 검사님께 제출하고 나니 다른 때와는 달리 내 눈시울이 뜨거웠다. 상현이의 마음을 돌려놓은 것은 대단한 성취감이었다. 상현이와의 일이 있고 난 뒤, 나는 상담학을 본격적으로 공부하고자 마음먹었다. 이제 상현이 마음은 안 들여다봐도 되지만, 다른 아이의 마음은 들여다봐야 하기 때문이다. 다시 하늘처럼 높이 책을 쌓아놓고 10년 동안 홀로 공부했다.

70이 넘어 대학원에 상담학으로 입학하고 드디어 이번 5월이면 '상담학전공 박사학위'를 수여받는다.

9

인생 꽃은
70에 피어난다네

한가위 속담 중에 '더도 덜도 말고 한가위만 같아라.'라는 말이 있다. 그 말은 우리 인생살이 중에 70에 붙여도 안성맞춤일 듯하다.

'더도 덜도 말고 70만 같아라.'

아침에 눈을 뜨면 참 편하다. 자식들이 다 커서 제 앞가림한다. 옷을 챙겨 입힐 아이가 없으니 나만 챙기면 된다. 남편과 둘만 밥을 먹으면 되니 남편 식성, 내 식성, 모두 맞춰도 2가지면 된다. 남편은 한식, 나는 양식이어도 문제가 안 된다. 가끔 그렇게 산다.

"달걀부침 먹을 거야?"
"아니!"

그러면 나도 안 먹으면 같이 편하다. 만약 나는 먹고 싶으면 내 것만 하면 된다. 그런 거 저런 거 다 복잡하다고 생각되면 밖으로 나가면 된다. 요즘은 아침 식사가 되는 식당이 많다. 둘이 먹는 밥, 뭐 챙길 것도 없지만, 그래도 밥 안 차리는 건, 여자들의 행복이다.

일요일 강릉 순두부, 집은 아침마다 줄이 길다. 아침을 나와서 먹는 사람들이 많다. 토요일 여행 왔다가 아침을 여기로 먹으러 온다. SNS 힘이란 막강하다. 먹고 간 사람들이 사진 올리고 장소 올린 후로 부쩍 사람들이 많이 몰린다. 모처럼 쉬는 일요일, 아침 먹으러 간 우리도, 줄 서서 오랫동안 순번을 기다려야 한다. 고난을 묵묵히 참고 극복해야 고소한 순두부, 국을 만날 수 있다.

인생에서 70이란 참으로 삶을 즐기기에 거리낌이 없다.
첫째, 홀가분하다. 둘 뿐이니 엇갈릴 의견도 딱 2가지뿐이다. 한 사람만 양보하면 단시간에 끝이 난다. 만약 양보가 없다면 서로 좋은 대로 각자 2가지로 하면 된다.

둘째, 시간이 넉넉하다. 새벽에 나가든 한밤중에 들어오든 챙길 식구가 없으니 부담 없이 둘만 시간 맞추면 된다.

셋째, 쓸 만한 돈은 가지고 있을 나이다. 허리띠 졸라맬 일이 없으니 그 또한 즐거운 일이다. 요즘 화려하고 먹음직스러운 요리가 많다. 가격도 만만치 않다. 그러나 70 넘어서 가끔은 세상이 비싸다고 하는 요리도 먹을 수 있는 나이다.

프랑스에서는 카페에 문밖 자리는 비싸고 안쪽 자리는 싸다고 한다. 비싼 문밖 자리는 노인들이 차지하고 안쪽의 싼 자리는 젊은이들이 앉는다고 한다. 나이가 들었을 때 생활이 더 윤택한 것은 노년이 주는 혜택이다.

넷째, 부부 서로 티격태격할 일이 없다. 설사 심한 말을 하더라도 귓등으로 듣는다.

노여운 감정을 삭이는 것이 아니라 그냥 흘려듣는 것이다. 왜 그러는지 이미 알기 때문이다. 얼마나 편한 사이인가.

모든 것은 다 마음대로 해서 좋은데 딱 한 가지 못하는 것이 있다. 건강이다. 건강은 70세에서는 이미 어찌할 수 없다. 70이 아무리 좋은 나이라 한들 병든 70은 괴로울 뿐이다.

'재산을 잃으면 조금 잃은 것이고, 명예를 잃으면 반을 잃은 것이고, 건강을 잃으면 다 잃은 것이다.'라는 말도 있다. 건강은 건강할 때 지켜야 하고 젊었을 때 지켜야 한다.

우리의 나이에는 여러 가지 형태가 있다. 달력의 나이, 운동의 나이, 지식의 나이가 있다. 달력의 나이는 해가 가면 누구나 저절로 먹는다. 지식의 나이는 공부해야 먹는다. 초년에 공부하든, 중년에 공부하든, 노년에 공부하든 상관이 없다. 그러나 운동의 나이는 그렇지 않다. 운동을 해야만 운동나이가 든다. 즉 일과 함께 운동하면서 나이 들어야 한다는 것이다. 시간이 남으면 운동하는 것이 아니라 운동하는 시간을 하루의 일과 중에서 미리 빼놓아야 한다. 운동을 지속해서 하면서 나이 들면 이런, 저런 병에 걸리는 것을 막아준다. 예전에는 인간수명이 짧았다. 아프기 전에 죽음을 맞이하게도 된다. 그러나 지금은 다르다. 수명이 길어졌다.

요즘에는 이렇게 말한다. 80세에 사망하면 '요절했다.'라고 하고, 90세에 사망하면 '아깝다.'라고 한다. 오래 살아서 100세에 사망해도 '일찍 갔다.'라고 한다. 그러면 도대체 몇 살을 살아야 천수를 누렸다고 할 것인가? 정답은 120세이다. 120세를 살아야 비로소 '천수를 누렸다'고 한다는 이야기가 있다.

조선 시대 우리나라 일반 백성의 평균 수명은 35세였다. 영양 상태가 비교적 좋았던 임금님은 45세 정도로 학계에서는 밝히고 있다. 해방 직후 칫솔과 페니실린의 출범으로 일반 백성도 평균 수명도 46세로 늘어났다. 근래의 2019년 이후 집계에서는 평균 수명이 남자와 여자가 다르기는 하지만, 95세 정도로 집계되고 있다. 더구나 2030년 이후에는 100세나 120세가 될 것이라고 예언도 한다. 평균 수명에서 보면 아프다고 일찍 죽는 것은 아니다. 운 나쁘면 아픈 채로도 오래 산다.

조선 시대 태종의 말 중에 아주 귀중한 말이 있다. 한글을 창제하신 세종대왕은 어려서부터 책을 무척 좋아했다. 낮이나 밤이나 혹은 감기로 열이 펄펄 나도 잠도 안 자고 책을 읽었다. 드디어 내관을 시켜 세자의 책을 모두 치우게 했는데 딱 한 권이 병풍 사이에 끼어 남아 있었다. 세자는 그 한 권의 책을 읽고, 또 읽고 역시 밤을 새워 읽었다. 드디어 아버지 태종은 세자를 불러 엄히 꾸짖었다.

"운동과 책보기를 함께하도록 하라"
"아는 것이 아무리 많더라도 건강하지 못하면 그 뜻을 펼 기회가 없느니라!"

태종이 세자에게 한 말은 현대를 사는 우리에게도 귀감이 될 깊은 뜻이 있다.

분홍 장미 ——

인생에서 70이란 참으로 삶을 즐기기에 거리낌이 없는 나이다.